imaginist

想象另一种可能

理
想
国

imaginist

约翰·伯格作品

我们在此相遇

John Berger

Here is Where We Meet

作者_约翰·伯格

译者_黄华侨

广西师范大学出版社

·桂林·

图书在版编目(CIP)数据

我们在此相遇 / (英) 伯格 (Berger,J.) 著；吴莉君译. —2版.
—桂林：广西师范大学出版社, 2015.1

书名原文: Here is where we meet

ISBN 978-7-5495-6299-2

Ⅰ. ①我… Ⅱ. ①伯… ②吴… Ⅲ. ①长篇小说－英
国－现代 Ⅳ. ①I561.45

中国版本图书馆CIP数据核字(2015)第012037号

HERE IS WHERE WE MEET
by John Berger
© John Berger, 2005

本书译文由台湾城邦文化事业股份有限公司授权使用
ALL RIGHTS RESERVED
著作权合同登记图字：20—2009—019号

广西师范大学出版社出版发行

桂林市中华路22号 邮政编码：541001
网址：www.bbtpress.com

全国新华书店经销

发行热线：010-64284815

山东临沂新华印刷物流集团有限责任公司　印刷

开本：787mm × 1092mm　1/32

印张：10.25　字数：130千字

2015年5月第2版　2017年1月第2次印刷

定价：48.00元

如发现印装质量问题，影响阅读，请与印刷厂联系调换。

献给

Chloe

Lucy

Dimitri

Melina

Olek and

Maciek

目 录

导 读 西方左翼浪漫精神的真正传人 v

1 里斯本 1

2 日内瓦 71

3 克拉科夫 95

4 死者记忆的水果 131

5 伊斯灵顿 139

6 阿尔克桥 165

7 马德里 181

8 浚河与清河 201

8 1/2 287

致 谢 291

回 顾 地志学书写与记忆术 293

导　读

西方左翼浪漫精神的真正传人

梁文道谈约翰·伯格之一

编　者：您在为约翰·伯格《我们在此相遇》所写的推荐语中说："约翰·伯格在这本书里再次证明了他果然是西方左翼浪漫精神的真正传人，一手是投入公共领域的锋锐评论，另一手则是深沉内向的虚构创作。"为什么说约翰·伯格是西方左翼浪漫精神的真正传人？

梁文道：从左派的代际问题上来讲，约翰·伯格跨越了两个世代，经历过两个很大的变动。在这个意义上，英国的左派里面目前有他这种资历、还仍然活跃的，可能就只有历史学家霍布斯邦。他们两个相似的地方在哪里呢？当年他们年轻的时候，曾经对苏联有很大的好感。苏联在他们的心目中是第一个依照马克思主义指导而实现的乌托邦。也就是说，第一次有人依照一个理论来建立一个国家。当然你可以说美国也是依照某个理论而建立的，但是美国那个理论的依据是比较含糊的，除了自由主义传统，后面可能还有很多不同的思想路线。但是苏联不一样，人类史上第一次出现按照一个思想学说建立出来一个国家，这太惊人了，很令人兴奋。

但这些左派后来又集体地觉得自己被苏联欺骗了，英国很多人都有这个感觉的，比如乔治·奥威尔。今天我们讲《1984》，大家都以为这本书在讽刺社会主义。其实不是的，奥威尔是社会主义者，他这本书是在讽刺英国，他说的是右翼独裁搞到最后会变成这样；这与我们今天所理解的是恰恰相反。

编　者：这是一个比较重大的误读。

梁文道：非常重大。乔治·奥威尔是左派。当然他也经历过对苏联幻想的破灭。整个西欧的左派都经历过对苏联狂热的幻想投入。他们到后来觉得苏联不行，觉得要放弃，不可以这样，苏联怎么能这么搞。

编　者：这个幻想的破灭，主要发生在哪个时间段？

梁文道：每个人都不一样：有的人很早，在 1930 年代苏联大清洗的时候就幻灭了；有的人是后来，冷战期间，像伯格或者萨特。而伯格是挣扎最漫长的，因为伯格很年轻的时候就认识东欧跑出来的艺术家，那批艺术家是为了躲避冷战期间东欧的那种恐怖统治而跑出来，他从跟他们的交往中，认识到东欧阵营的也就是苏联阵营的社会主义的问题所在。可是他直到 1950 年代年才正式跟那个东西砍断关系。

第二次大幻灭是什么时候呢？第二次是苏联垮台。苏联垮台为什么让他们那么难堪呢？虽然他们已经不喜欢苏联，也不喜欢东欧，不喜欢任何现存的社会主义国家、任何实存的社会主义国家，他们对这个东西是有很大的距离感、怀疑、反感，甚至批判的，但是他们的处境又很尴尬。尴尬在什么地方？你们说你们是左派，现在有了左派的政权，依照马克思所规划的东西建造的政权。你是不是要那样呢？他们说我们不是。那你们是怎么样呢？这时候他们就开始提出一个很重要的观念：想象力。但是当年想象力这个说法还不完整，只有个别学者讲过，比如法兰克福学派里到了美国的马尔库塞，马尔库塞就讲单向度的人，老批判现在资本主义，使得我们的人变成单向度的人，使我们失去了想象力。这个想象力指的是什么？其中一点就是我们要对社会制度有想象力，我们不要以为现在看到的苏联就叫做马克思主义，你要想象出另一种不同版本的社会制度，它既不是资本主义，也不是苏联式的、中国式的、东欧式的、古巴式的，我们可以想象另一种东西出来。

到了 1989 年，整个苏联阵营全垮掉，全球左派遭遇很大的打击，本来他们就不承认中国和苏联是他们觉得最好的社会主义形式，但是即便如此，大家都还在指责他们，你看你们的老祖宗完蛋了，你们怎么办。这时候就出现了福山那种历史终结论，就说人类历史的意识形态斗争的时期结束了，以后就是一条康庄大道，沿着这条康庄大道走就没问题了。在这个时刻底下，大家都发现新自由主义或者是市场经济，变成一种不可逃脱的视野与现实，大家都觉得经济的全球化是唯一的选择，市场经济是唯一的选择，全世界现在都走这条路。这时候，他们以前讲的那种想象力就变得更重要了：在现存的经济社会秩序之外，我们有没有能力想象一个不同于现在的生活方式？他们要重新号召这个。所以这里面最激进的，像齐泽克、巴丢，比较温和的，像英国的马克思主义者柯亨，他们都在追求这个想象。而伯格跟霍布斯邦，比这些人年龄大多了，他真的是经历过两次西方左翼知识分子的打击而活下来的人。这就是这一群左派，尤其是英国左派里面的老人们的一个经历。

编　者：苏珊·桑塔格评价伯格说："自劳伦斯以来，再无人像伯格这般关注感觉世界，并赋之以良心的紧迫性。"虽然伯格说起来左派资历很老，但从他影响最大的著作《观看之道》，以及他对观看、对性的强调来看，是不是他更倾向于马尔库塞《单向度的人》感性批判那一路？

梁文道：还不太一样。为什么呢？虽然他在 1970 年代做了《观看之道》那样的电视片，当时很轰动，在那个年代的新青年看来很激进很厉害，而且与《单向度的人》所号召的对资本主义想象的颠覆看起来很像，但他比当时流行的那些青年反抗运动更老。说他老是什么意思呢？一来他年纪大，1926 年生人，而且我们不要忘了他特别早熟。他十多岁就接触社会主义思想，他十多岁就在读罗莎·卢森堡，他是一个很年轻的时代就已经在情感上投向左翼的人，比很多同龄人都早熟。今天我们会注意到他的艺术评论家或者是作家的身份，但是我们不要忘记他写过大量的时事评论跟政论，1950 年代的时候他帮《新政治家》写过很多政治评论，那都是真刀真枪硬碰硬的。与此同时伯格的文章很细腻，他写很多小说讲性爱，写很多充溢着诗意的句子；另一方面他又关怀弱势群体，关怀劳工，尤其关怀移民问题、农民问题。对许多老派人来说，一个人要兼具这两方面的东西，你才会觉得这是真正的左派。这两者怎么调和呢？其实对他来讲，或者对那一代的老左来讲，这从来不是个问题。为什么呢？因为他能那么早熟，使得他继承了或者接上了一个19世纪末20世纪初的西方左翼知识分子的一个小传统。在那个年代，做一个左派意味着你要对你身处的这个资本主义社会予以批判，你要能够想象出一个不一样的世界，不同的社会，你希望建立一个类似乌托邦之类的世界。另一方面，你同时觉得这个世界不只是在社会制度层面跟现在不一样，甚至连生活方式、感觉方式都是不一样的。也就是说艺术上、文学上、文化上你都要有一个跟现存的传统，跟当时整个资本主义发展到那个年代的所有的一切都不一样的东西，你要颠覆它、打破它。所以曾几何时，现代主义这个艺术文学潮流里面，很多重要的人物都是左派。举个很简单的例子，苏联，我们都说现代文学理论最早的奠基者是俄罗斯的形式主义。俄罗斯形式主义要干的是什么呢？——帮文学找到它的主体性，这是非常激进的。这一帮人那么激进地改造文学理论，要为文学找到最激进的新的理论基础。再看画家，早期的俄罗斯的前卫艺术多厉害，那帮人也是左派。建筑师里面，包豪斯那帮人是左倾的，所以不见容于纳粹。而毕加索思想上也是一度左倾，其实只要看西班牙内战你就知道了，一整代的左派知识分子都去参战，都去帮忙西班牙共和军对抗佛朗哥将军。这帮艺术家、文学家都是同情左翼的。

再举一个中国人熟悉的例子，鲁迅。我们今天对鲁迅的认识就是，鲁迅忧国忧民，批判社会，写杂文，写《阿Q正传》、《狂人日记》，批判国民性。但是我们不要忘了，鲁迅当年写这些小说轰动的理由，不只是因为他的社会批判，而且是因为他的形式。他根本是给中国文学带来崭新的形式。所以这就是现代主义跟左翼中间的一个隐秘的联系。那个联系的关键是想象力，我能不能想象出一个不一样的世界，包括在政治上、社会上、文化上和艺术上。伯格就是这一代人的殿军，因为他其实不是那个年代活跃的人，但是他看到那个年代，因为他早熟，他接上了那个东西。

编　者：那么到现在，所谓的左派是不是已经有所变化？比如说其所代言的主体。原来的左派，面对的是工人阶级作为历史的主体的兴起，诗人和艺术家要为这个主体寻找新的语言。但是到现在，我们面对的是全球化。伯格的《抵抗的群体》一书如此解题："我所谓群体意指一小群反抗势力。当两个以上志同道合的人联合起来，便组成一个群体。反抗的是世界经济新秩序的缺乏人性。凝聚的这群人是读者、我以及这些文章的主题人物——伦勃朗、旧石器时代的洞窟壁画画家、一个来自罗马尼亚的乡下人、古埃及人、对描绘孤寂的旅馆客房很在行的一位专家、薄暮中的狗、广播电台的一个男子。意外的是，我们的交流强化了我们每个人的信念，坚信今天在世界上发生的事情是不对的，所说的相关话题往往是谎言。”我发觉修辞上面有一个变化，从前讲颠覆，讲革命；而现在变成了要聚集所有的多样性和所有历史性的东西，抵抗一种平面的、抹平一切的市场经济。这个时候所谓的左派，其代言的主体已经发生变化了。工人阶级不再作为一个历史的主体，而变成了全世界各地分散的、多样的、不同诉求的被压迫、遭损害的群体。读伯格新近的作品，与读他 1970 年代的《观看之道》，感觉很不同。曾经还有一个读者看完《抵抗的群体》之后问：伯格为什么要和马科斯副司令通信呢？

梁文道：这种变化也是一个时代的变化，他这种人是经历过几个时代的左派。到了今天的左派里面，仍然要讲工人阶级革命的、无产阶级革命的，已经少之又少了。这是因为整个阶级政治在今天的左派里面被弄得很复杂了。首先是身份政治的冲击。1968 年之后很大一个变化在于，女性主义来了，同志运动来了，环境保护运动来了，各种各样反抗运动的出现，很难把它们都说成是无产阶级。这个抵抗不再只是依据阶级的抵抗，还是依据某种身份的抵抗，直到今天这还是左派的一个大难题。身份政治的关键是要承认，你要承认我的身份，我的主体性。阶级政治强调的是再分配。Recognition 跟 Redistribution 两个 Re，谁重要？或者两个政治之间怎么协调？这是一个很难调和的东西。而伯格现在有这样一个转向，我觉得是因为他也看到了 1989 年之后，冷战结束，左派曾经被人认为没戏了，但是从 2000 年之后左派又有点回头了，就是过了十一年，左派又看到了新希望，这个新希望就是西雅图起义，WTO 在西雅图开会遭到数万人聚集示威，从那时候开始了我们今天所知的反全球化运动。这个运动最好的总结，其实就是《帝国》那本书，他呼唤的不再是无产阶级工人主体，而是“杂众”（multitude），多元的杂众。这些多元的杂众包括各种各样的人、各种各样的诉求，除了工人运动之外，还有农民运动，还有各种的新社会运动，都夹杂在一起。大家不必然分享共同的利益背景，不必然有共同的阶级，但是大家可以串联在一起，因为大家的目标一致。这个目标是什么？就是反抗全球化的经济政治秩序，就是要对抗这股抹平一切的力量。

所以伯格现在为什么会写这样的东西？为什么会跑去跟马科斯副司令对话，因为马科斯副司令被认为是这种运动的佼佼者，反全球化运动里面的一个英雄偶像。

还有一点就是他讲的这个“抵抗”。当然你可以问这个抵抗到底是什么意思呢，什么都叫抵抗的话，那还有什么是不抵抗的呢。但我们要注意一点，所谓的左派还包括一个根深蒂固的东西，用霍布斯邦的说法，左派包含一种精神气质，用英文来说就是 ethos，气质的倾向、情感的倾向、伦理的倾向。左的 ethos 就是总是激进的。因为从字源上，我们知道左派是法国大革命国民会议里面坐左边的那一帮人，左边那帮人主张更平等的参政权，同时也更激进。从那时候开始，激进、不满现状、抵抗现状，就变成了左派的精神气质的传统。谁要是今天出来说我们现在很好，我们现在局势大好，这人一定不是左派。所以抵抗从来都是左派的一个关键词，右派是不抵抗的。

编　者：如何评价约翰·伯格的写作（包括小说、艺术评论跟时政评论）的整体价值？我们现在阅读约翰·伯格的意义何在？

梁文道：虽然我们不断在说伯格的左，但是一个真正的好作家是不会受到政治光谱的局限的。撇开意识形态立场不谈，伯格目前在几个领域里都是不可不读的大家。例如艺术理论和艺术史，你能不看《观看之道》和《毕加索的成败》吗？假如你研究摄影，你能不读他的《另一种讲述的方式》吗？假如你喜欢当代英语文学，你一定会在主要的书评刊物读到其他人评介他的新小说。更妙的是，他随便写一篇谈动物的文章（见《为何凝视动物》，载于《看》），也被人认为是新兴的文化研究领域“动物研究”（animal studies）的奠基文献之一。综合起来看，他就和苏珊·桑塔格一样，是那种最有原创力也最有影响力的公共知识分子；虽然不在学院，也不按学院的格式写作，却创造出了很多名牌大学教授一辈子也弄不出来的观念。而且他还要写得那么美，拥有那么多读者。反过来说，今天我们中国也很流行讲“公共知识分子”，但很惭愧，我们似乎还没有人及得上伯格这一流，还没有谁会有这样的知识上的创造力。

1

里斯本

Lisboa

在里斯本某广场中央，有棵名叫卢西塔尼亚（Lusitanian）的丝柏树，“卢西塔尼亚”这个词的意思是：葡萄牙人。它的枝桠并非朝天空伸展，而是在人力的驯诱下水平向外舒张，舒张成一把巨大、绵密、异常低矮的绿伞。直径二十米的伞盖，轻轻松松就将百余人收纳进它的庇荫之下。支撑树枝的金属架，围绕着扭绞纠结的庞大树干排成一个个同心圆。这棵丝柏起码有两百岁了。它旁边立着一块官方告示牌，上面有一首过路人写下的诗。

我停下脚步，试着辨认其中几行：

……我是你锄头的柄，是你家屋的门，是你摇篮的木，是你棺材的板……

广场的另一处，一群小鸡在蓬乱的草地里觅啄虫子。几张桌旁，男人正玩着 sueca 牌[1]，每个人仔细挑选纸牌，然后放在桌上，带着精明又认命的表情。在这儿，赢牌乃是静静的愉悦。

五月的末尾天气炎热，兴许有二十八摄氏度。再过

1 sueca 牌：盛行于葡萄牙和巴西的一种计分扑克牌游戏，在工人之间尤为流行。牌局由四人参与，规则类似于“升级”。

一两个礼拜，从某种意义上说始于塔古斯河[1]彼岸的非洲，就会出现在遥远而又清晰可见的距离之内。一个老妇人带着一把伞寂然不动地坐在一把公园长椅上。是那种引人目光的寂然不动。她这般坐在公园长椅上，打定主意要人注意到她。一个男子拎着公文包穿越广场，带着每天每日往赴约会的神情。然后，一位面容悲伤的女子抱着一只面容悲伤的小狗经过，朝自由大道[2]走去。长椅上的老妇人依然维持着她那展示性的寂然不动。那姿势究竟是摆给谁看呢？

就在我喃喃自问时，突然间，她站起、转身，拄着雨伞，向我走来。

远未看清她的脸庞时，我就已经认出了她的步伐。那是一个人早已期待到达、期待坐下来的步伐。那是我的母亲。

---

1 塔古斯河（Tagus River）：伊比利亚半岛上最长的河流。发源于西班牙，于里斯本注入大西洋，出海口宽阔如海。河上有达伽马大桥（Vasco da Gama Bridge）跨过，桥全长 17.2 公里，是欧洲最长的桥梁。塔古斯河北岸即是里斯本，河流以南地区则在历史上有相当长一段时间属于伊斯兰摩尔王国，所以作者有“从某种意义上说始于塔古斯河彼岸的非洲”一语。

2 自由大道（Avenida da Liberdade）：里斯本最主要的一条大道，建于 19 世纪，其于里斯本相当于香榭丽舍大道之于巴黎。

我时常梦见，我必须打电话到父母的公寓，告诉他们，或请他们转告其他什么人，我要晚点儿到，因为我错过了联运车。我想提醒他们，我不在这个时刻我应该在的地方。梦中的细节每次都不同，但我要告诉他们的主题全都一样。还有一点也一样，我总是没把电话簿带在身上，而且不管我怎么想，都记不起他们的电话号码，不管试了几次，总没一次是对的。这倒是和梦醒时的情况相符合，我的确已经把那栋公寓的电话给忘了，我父母在那栋公寓住了二十年，对它我也一度稔熟于心。不过，我在梦中也忘了他们早已离开人世。父亲二十五年前撒手人寰，母亲十年后随他而去。

在广场上，她挽着我的手臂，像说好似的，我们横穿街道，慢慢往“水之母”[1]的阶梯顶端走去。

约翰，有件事情你不该忘记——你已经忘记太多事情了。这件事你该牢牢记住：死者不会待在他们埋葬的地方。

在她开始说话的时候，她没有看着我。她聚精会神地

1 水之母（Mãe d'Agua）：位于里斯本 Rato 区，是该城容积最大的蓄水库，也是著名的里斯本水道桥的终点站，建成于 1834 年。如今水道桥和蓄水库都隶属于水博物馆（Museu das Água），由葡萄牙供水公司负责经营。

盯着我们前方几米的地面。她担心跌跤。

我说的可不是天堂。天堂哪儿都不错，但我要说的刚巧是别的什么！

她停下来，咀嚼着，仿佛其中有个字包了一层软骨，得多嚼几回才能咽下。然后她继续道：

人死了以后，可以选择在这世上想住的地方——如果始终假设他们会留在这世上的话。

你是说，他们会回到某个生前让他们觉得愉快的地方？

这时，我们已站在阶梯顶端。她左手扶着栏杆。

你以为你知道答案，你总是这样。你原本应该多听你爸的话。

他对很多事情都有答案。我今天才了解到。

我们往下走了三阶。

你亲爱的爸爸是个充满疑惑的人，就是因为这样，我得时时跟在他后面。

帮他揉背？

还有别的，这个也算是吧。

又往下走了四阶。她放开扶栏。

死者怎么选择他们想住在哪里？

她没回答，而是拢了拢裙子，坐在下一层阶梯上。

我选了里斯本！她说，那口气，像是在重复一件显而易见的事。

你来过这里吗——我犹豫着该用哪个词，因为我不想太过凸显其中的差别——以前？

她再次忽略我的问题。如果你想知道什么以前我没告诉你的事，她说，或是你已经忘记的事，此时此地你可以问我。

但我发现，你基本什么也没跟我说。

谁都会“说”！“说”！“说”！我“做”别的。她示范般地望向远方，望向塔古斯河彼岸的非洲。不，之前我从未来过这儿。我“做”别的，我给你“看”。

爸也在这儿？

她摇摇头。

他在哪儿？

我不知道，我没问他。我猜他可能在罗马。

因为教廷？

她第一次看着我，眼中闪耀着玩笑得逞的小火光。

才不是，是因为那些桌布！

我用胳膊揽住她。她轻轻将我的手从她的胳膊上移开，但仍握在她手中，然后缓缓地将我俩的手放到石阶上。

你在里斯本住多久了？

你不记得我提醒过你事情怎么会是这样的吗？我告诉过你它就会像这样。超越了日日月月，超越了岁岁年年，超越了时间。

她再次凝视着非洲。

所以时间不作数，地方才作数？我说这话来揶揄她。我年轻的时候很爱揶揄她，她也习惯于此，默许之，因为这让我俩都想起一段逝去的悲伤往事。

小时候，她的笃定明确经常激怒我（与我们争辩的内容无关）。因为，至少在我眼中，那种笃定明确泄漏出在她虚张声势的口气背后，她是多么的脆弱和犹豫，而我希望她是无坚不摧的。于是，举凡是她用坚定无比的口气谈论的东西，我都会一概予以反驳，希望这样我俩能发现其他什么东西，我们可以凭借彼此信任而共同质疑的东西。但事实上，我的反击只会让她变得更脆弱，然后，我俩就会疲惫无助，陷入永劫与哀恸的漩涡，只能无声地呼喊天使，求他来拯救我们。但不管怎样天使也没有到来。

这里至少有只动物可以帮我们，她说，眼睛盯着一个她以为是一只正在晒太阳的猫的东西，在十个台阶以下。

那不是猫，我说。那是一顶旧皮帽，一顶筒状的波兰骑兵帽[1]。

就是这样我才吃素，她说。

你很爱吃鱼吧！我争辩道。

鱼是冷血的。

那有什么不同？原则就是原则。

约翰啊，生命中的每一件事都是画线问题，你得自己决定你要把线画在哪里。你不能帮别人画那条线。当然啦，你可以试试，但不会有用的。遵守别人定下的规矩可不等于尊重生命。如果你想尊重生命，你就得自己画那条线。

所以时间不作数，地方才作数？我又问了一次。

不是任何地方，约翰，是相遇的地方。这世界还留着有轨电车的城市已经不多了，对吧？这里，你总能听到它们的声音，除了深夜那几个小时。

你睡不好吗？

在里斯本市中心，几乎没有一条街上听不到电车的声音。

那是 194 号电车，没错吧？每周三我们都会搭这趟车

---

1 波兰骑兵帽（Chapka, Czapka Rogatywka）：19 世纪波兰骑兵常戴的一种高筒四角帽，前镶帽徽，有时有羽毛或帽花装饰。拿破仑战争时，欧洲各国军队从波兰枪骑兵处认识了这种军帽，发现了其合用性，从而开始广泛采用。

从克罗伊登[1]东去克罗伊登南，然后再搭它回来。我们会先去萨里街（Surrey Street）的市场买东西，然后走到戴维斯影院[2]，那里有一架电子琴，那人一弹它就会变颜色。那班电车是194号，不是么？

我认识那个琴师，她说，我在市场帮他买过芹菜。

你还买腰子呢，虽然你吃素。

你爸早餐喜欢吃腰子。

和利奥波德·布卢姆[3]一样。

别炫学了！这儿没人会注意到。你老是想坐在电车的最前面，楼上的[4]。没错，那是194号。

爬楼梯时你就总是抱怨说：哎哟，我的腿，我可怜的腿！

你想坐在楼上的最前面，因为这样你就可以假装在开车，而且你想要我看着你开。

我喜欢那些角落！

---

1 克罗伊登（Croydon）：伦敦南区的大型市镇和主要商业中心，属于大伦敦计划的一部分。

2 戴维斯影院（Davies Picture Palace）：位于克罗伊登区，建于1928年，是当时欧洲最大的电影院之一，可容纳四千人。1959年因拓宽街道而拆除。

3 利奥波德·布卢姆（Leopold Bloom）：乔伊斯（Joyce）小说《尤利西斯》（*Ulysses*）的主角，喜欢吃腰子。

4 伦敦的电车是双层，故有“楼上”之说。

里斯本这里的栏杆可是一样的喔，约翰。

你还记得那些火花吗？

在那些该死的下雨天，记得。

看完电影后开车感觉最棒了。

我从没见过哪个人看起来像你那么难受，老是坐在椅子边儿上。

在电车上？

在电车上，在电影院也是。

你常在电影院里哭，我对她说。你有个习惯，老是揩眼角。

就像你开电车，一开就刹车！

不，你是真哭，大多数时候都这样。

我可以跟你说件事吗？我想你之前注意过圣胡斯塔高塔[1]吧？就是下面那个。它归里斯本电车公司所有。塔里面有座升降梯，但那座升降梯真正说来哪儿也不到。它把人载上去，让他们在平台上瞭望四周，然后再把他们载下来。那是电车公司的。现在啊，约翰，电影也可以做同样的事。

---

1 圣胡斯塔高塔（tower of Santa Justa）：里斯本的著名地标，塔内有一座垂直电梯，即著名的圣胡斯塔升降梯，连接下城区（Baixa）和高地区（Bairro Alto）。由艾菲尔的一名学生设计建造，1902 年启用。

电影也可以把你带上去，然后再带回原来的地方。这就是人们在电影院里哭泣的原因之一。

我本以为——

别以为了！人们在电影院里哭泣的理由，就跟买票进去的人数一样多。

她抿了抿下嘴唇，每次擦完唇膏她也会做这个动作。在“水之母”阶梯上方的一座屋顶上，有个女人正一边唱着歌，一边把床单夹在晒衣绳上。她的声音忧郁悲伤，她的床单雪白闪亮。

我第一次来里斯本时，母亲说，就是乘圣胡斯塔的升降梯下来的。我从没乘它往上升喔，你明白吗？我是乘它下来的。我们全都是这样。这就是它建造的目的。它用木头做衬里，就像铁路的头等车厢一样。我看过我们中有一百个人乘它。它是为我们建造的。

它只能载四十个人，我说。

我们又没重量。你知道，当我踏出升降梯时看到的第一个东西是什么吗？一家数码相机店！

她站起身，开始回头爬上楼梯。不用说，她爬得有点喘，为了让自己轻松一点，也为了鼓励自己，她双唇间吹出长长的嘘声，嘴唇撅着，像吹口哨似的。她是第一个教我吹口哨的人。终于，我们到了顶端。

我暂时不打算离开里斯本，她说。我正在等待。

她随即转过身，朝她刚刚坐着的长椅走去，然后，那座广场变得宛如展示品般寂然不动，这样寂然不动直到她终于消失。

接下来几天，她始终没有现身。我在这座城市里四处游逛，观看、作画、阅读、交谈。我不是在找她。不过，时不时地，我会想起她——通常是因为某种半隐半现的东西。

里斯本这城市和有形世界的关系，与其他城市都不同。它玩着某种游戏。这座城市的广场和街道铺着白色和彩色小石块组成的各式图案，仿佛不是道路，而是天花板。城市的墙，不论室内户外，放眼所及，都覆满了著名的 azulejos 瓷砖[1]。这些瓷砖诉说着世上各种精彩绝伦的可见事物：吹笛的猴子、采葡萄的女人、祈祷的圣者、大洋

---

1 azulejos 瓷砖：指葡萄牙著名的彩绘瓷砖。Azulejos 一词可能源于阿拉伯文的 al zulaycha，意为“打磨光亮的石头”。15 世纪时，葡萄牙人从占领者摩尔人那里学会了波斯瓷砖的制造技术，于 16 世纪将此项技术发扬光大，创造出自身的独特风格，并大规模用于公共与私人建筑的室内外墙面装饰，成为葡萄牙文化中非常重要的一环。瓷砖上的彩绘图案从几何图形、动植物到建筑风景乃至人物故事不一而足，种类纷繁。直至今日，依然有各种极富想象力与现代感的瓷砖不断出现。

里的鲸鱼、航行中的十字军、大教堂的平面图、飞翔的喜鹊、拥抱的恋人、温驯的狮子、身披豹纹斑点的莫里亚鱼。这座城市的瓷砖，吸引着我们去注意周遭的有形世界，去留心那些可见的事物。

然而与此同时，这些出现在墙面、地板、窗子四围和阶梯下面的装饰，却又诉说着一个不同的、完全相反的故事。它们那易碎的白色釉面、那朝气蓬勃的色彩，还有黏覆四周的灰泥、不断重复的图案，桩桩件件都强调了这个事实：它们掩盖着某种东西，不管藏在它们下方或背后的究竟是什么，都可以永远地隐藏下去，在它们的掩护之下，永远隐匿不见！

当我走在街上，看着那些瓷砖，它们就像在玩纸牌似的，盖住的牌远比掀开的多。我在一次又一次的发牌、一局又一局的牌戏间，行走、攀爬、转身，然后，我记起她玩牌时的毅力。

这城市究竟是建立在几座山丘之上，对于这个数字，始终莫衷一是。有人说七座，就像罗马一样。有人不以为然。但无论几座，这座城市的中心都是建立在一片峭拔险峻的岩石地上，每隔个几百米就要升降起伏。几百年来，这座城市起伏的街道采用了各种手段来消除这令人晕眩的地形：阶梯、围地、平台、死巷、衣物晾晒成的帘幕、落地窗、小庭院、扶手栏、百叶窗；每样东西都用来遮阳挡风，用来模糊室内与户外的界限。

没有什么能引诱她走进距悬崖边不到五十米的地方。

穿梭在阿尔法玛区[1]的楼梯、观景台与晾晒的衣物之间，我好几次迷失了自己。

有一回，我们打算离开伦敦，但走错了路。父亲停下车，打开一张地图。我们开得太远、太远了，太往西边了。母亲说。我的方向感很好。有个摸骨师跟我讲过不止一次。他兴许是从这里摸出来的。她摸了摸自己的后脑勺。那时，她有一头让她总是很不自在的美丽秀发。他说，我头骨的“地点隆起”就在这儿。

再也不会有人把摸骨师的话当真了。我在后座反唇相讥。他们原先就是一撮秘密法西斯分子。

---

1 阿尔法玛区（Alfama）：里斯本最古老的一个区，由塔古斯河岸往山坡顶端的里斯本城堡延伸而去，布满蜿蜒曲折如迷宫般的窄巷，并有小广场。此区是摩尔人统治时代的城市中心所在，下城区扩建之后，便成为渔夫和工匠等穷人的居住地，至今仍保留浓厚的历史风情，也是“法朵音乐”（Fado，见下注）的大本营。维姆·文德斯的电影《里斯本的故事》，即以此区为主要拍摄地。

你凭什么这么说?

你不能用一把钳子来测量人的天赋。再说，他们的标准是打哪儿来的？当然啦，来自希腊人。狭隘的欧洲人。种族主义者。

那个摸我头的是个中国人。她嘟哝着。

他们只把人分成两类，我说，纯粹的和堕落的!

反正他们对我的说法就是正确的！我就是有一块很好的“地点隆起”！我们开太远了，好几英里前我们就该左转，就在刚刚看到那个一条腿也没有的可怜人那里。现在我们只能继续往前开——没地方可掉头，太迟了。如果可以的话，我们应该在下个路口左转。

太迟了！是她的经典口头禅之一。每次听到，我必然怒火满腔。随便一件事，或许琐碎或许重大，说不准就能让她冒出这句话来。但这句话在我看来似乎与事件无关，而涉及时间折叠的方式——那是我在大约四岁时开始注意到的一件事——这种折痕确保了有些东西可以挽救，有些则不能。她会轻轻念出这三个字，不带一丝哀怨，简直像在报个什么东西的价钱。我的怒火有部分就冲着这种冷静而来。也许正是她的这份冷静，再加上我的愤怒，才决定了我后来要研究历史。

想起这些的当口，我正坐在阿尔法玛区一家拖车大小的酒吧里喝一小杯浓烈刺激的咖啡。我注视着其他客人的脸庞，他们全都超过五十岁，以同样的方式历经风霜。里斯本人老爱谈论一种感觉，一种心情，他们管它叫 saudade，通常翻译成怀旧（nostalgia），但其实并不贴切。怀旧隐含着一种安适惬意，即便懒散如里斯本也无缘享受。维也纳才是怀旧之都。里斯本这城市，从来就饱受狂风吹袭，至今依然，这里留存不下怀旧之情。

Saudade，当我喝下第二杯咖啡，看着一个喝醉的人用双手小心翼翼地把他正在讲述的正确无误的故事像一摞信封似的叠放在一起时，我确定，它是一种怒火攻心的感觉，就是当你不得不听有人过于冷静地说出太迟了这三个字时那种怒火攻心的感觉。而“法朵”[1]就是它令人永难忘怀的音乐。也许对死者而言，里斯本是一个特别的停靠站，也许在这里，死者可以比在任何其他城市更加卖弄自己。

---

1 “法朵”（Fado），即法朵音乐，葡萄牙最著名的一种音乐类型，“法朵”字面义为“命运”。这种音乐类型可溯源至1820年代，且很可能带有摩尔歌曲的根源。忧伤的曲调与旋律是法朵音乐的特色，传唱的内容多半是关于大海与贫穷的人生。阿尔法玛区的小餐馆是法朵音乐的大本营。文德斯的电影《里斯本的故事》里的“圣母合唱团”，便是新派法朵音乐的代表团体。

意大利作家安东尼奥·塔布其[1]，他深爱着里斯本，曾在这里和死者待了一整天。

接下来那个礼拜天，我在下城区[2]，正穿过巨大的商业广场（Praça do Comécio）。下城区是这座老城唯一一块平坦低矮的地方。三面由著名的山丘环绕，第四边是塔古斯河河口。塔古斯河又称麦秆之海（Sea of Straw），因为在某种光线照耀下，它的河水有一种金色的光泽。15 世纪时，里斯本的水手、商人和奴隶贩子，从这里的码头航向非洲和东方，稍后是巴西。当时，里斯本是欧洲的首富之都，贩卖各种睥睨大西洋的货品：黄金、来自刚果的奴隶、丝绸、钻石和香料。

把每颗苹果插上两颗丁香，她吩咐着，然后我们要加

---

1 安东尼奥·塔布其（Antonio Tabucchi）：意大利当代作家，1943 年出生于比萨，长年旅居印度、葡萄牙，其后返回故乡托斯卡那定居，活跃于佛罗伦萨、巴黎、里斯本三地文坛，现于锡耶纳大学担任葡萄牙文学教授，并与妻携手翻译葡萄牙诗人费尔南多·佩索阿（Fernando Pessoa）作品全集。

2 下城区（Baixa）：今日里斯本的市中心所在地。1755 年的大地震将该区化为瓦砾，之后，在庞巴尔侯爵（Marquêz de Pombal）的主导下，将该区以几何性的方式，重建成迥异于先前面貌的棋盘方格状，与里斯本其他地区那种蜿蜒曲折的街景恰成对比。巨大的商业广场是下城区邻近河岸的起始点，周围商店银行林立。

上红糖放进烤箱里烤。

我会趁她不注意的时候插上第三颗，我确信这样会让苹果更好吃。

如果被她发现了，她会把那第三颗丁香拔下来，放回罐子里。它们是从马达加斯加来的，她解释着。不浪费，不匮乏（Waste not, want not）！

这是她的另一句口头禅，像副歌一样唱个不停。不过，不浪费，不匮乏和太迟了不同，这句话比较像警句而非哀叹。一句总是能派上用场的警句，我一边想着，一边穿过下城区，走向商业广场。这片广场的尺度规模以及设计上的几何性，全都像那些不可实现的梦境一般。

1755 年 11 月的第一个星期，一场致命的地震伴随着海啸狂涛以及继之而来的大火，摧毁了里斯本三分之一的土地，夺去了上万居民的生命。饥荒、疾病与趁火打劫接踵而至。就在大火还熊熊燃烧，灾民只有破烂衣物可以蔽体的时候，人们已开始在灰烬与瓦砾堆中买卖打劫而来的钻石。尽管天空湛蓝，麦秆之海闪烁金光，但每张嘴里谈论的都是惩罚与报应。

时隔一年，庞巴尔侯爵[1]便开始梦想一座理性与对称的新城市。在这场撼动了全欧洲哲学家的乐观主义和正义观念的大灾难之后，重建的里斯本城，将完全建立在由财富之流保证的繁荣与安全之上！重建后的下城区完美实现了银行家的梦想街道：规则、透明、平行、可靠，风格与妥善记录的账目极为相配，而巨大的商业广场将使这座城市向全世界的贸易打开大门……

然而，18世纪下半叶的里斯本既非曼彻斯特也非伯明翰，工业革命的巨轮已经在其他地方隆隆转动。没落的时代来临了，这场衰退终将让葡萄牙变成西欧最为贫穷的国家。

无论有多少人聚集在商业广场，那里看起来总是呈现为半空状态[2]。

她的钱包里没什么钱。她处理现金的动作非常灵巧而精准。她会把钱分成一小笔一小笔，藏在注明用途的不同

---

1 庞巴尔侯爵（1699—1782）：葡萄牙国王约瑟夫一世在位期间的主要掌权者，是一位深具眼光的重商主义者，鼓励葡萄牙与殖民地加强贸易关系，并限制外国货物进口，发展国营事业，强化教育等。一手主导里斯本大地震后的重建工作。

2 半空状态（half-empty）：在英文里隐含着悲观的意思，相对于乐观的 half-full。

信封里，或收进梳妆台的抽屉中，免得忍不住花掉。有一次，她掉了一张十先令的钞票，那相当于一名女工月薪的三分之一。它不见了[1]！她哭诉着。它不见了！她说这话的口气，就好像是那张纸钞自己选择离开了似的，好像那张钞票是只忘恩负义的动物，她明明给了它一个这么好的家，它竟然忘恩负义地逃走了。离开不见了！

每当她哭泣的时候，她总会试图转过脸避开我。这可能是顾及我的关系，但也是因为在她想到我之前，她的眼泪已将她带回到别的时光。每当她哭泣的时候，我总是等待着，就像等待一列长长的火车通过平交道口。

过了一会儿，她揩了揩眼睛，说：我们会有办法的。我们只要稍稍走上一段长长的路就没问题了。

此刻，我正在奥古斯塔街（Rua Augusta），一条昔日银行家梦想中的笔直街道。礼拜天，眼镜行、美发店、旅行社、海事保险公司，全都关门。居民正和家人、朋友上街吃午餐。许多出门做客的人拎着一小包糖果蜜饯，作为周日见面礼，精心包裹起来，系上彩带蝴蝶结。

孔塞桑街（Rua da Conceição）街角，一群人等在人

---

1 它不见了（It's gone）：字面义可解为“它走了”，因此有下文“自己选择离开”。

行道上，朝马德莲娜教堂（Madalena Church）翘首期盼。我决定和他们一块等。路上无人通行。连电车也停驶了。

我听到欢呼声从远处下街传来。紧接着，一百五十名跑步者从马德莲娜教堂的方向出现。他们稳稳地跑着，一个挨着一个，彼此鼓励，没有夸张炫耀，无意竞夺争胜。男人和女人，十几岁的孩子和七旬老翁，全都昂首向前，有些人的鼻息宛如马匹的喷鼻声。他们长长的跨步在电车轨道的石板路上敲打出缓慢而规律的节奏。

一个小孩从背后推我，他想看得清楚点，我就往旁边挪了一下。有些跑步者紧握双拳，有些让双手轻松垂放。女人的手似乎都保持在臀部上下，男人的手则多半要高一些，差不多在胸部的位置。刚在背后推我的那个小孩，这会儿变成了她。她迅速牵起我的手。在她有生之年，她都是一双冰冷的手。

在这场半程马拉松里，她轻声说道，没人知道自己能否跑到终点。这就是部分秘密，别尝试！那个魔法数字是十七。这会儿，他们全在跟自己说：要跑到第十七圈！

他们已经跑了几圈了？

十圈。这是第十圈。还要七圈才到十七圈。跑完十七圈后，还有最后四圈——那时，他们的下腹部随时可能痉李——最后那四圈他们得自求多福！你不必替他们担心，他们比你强。看那个男人的脸，看他的脸因为卖力跑步绷得多紧。

他的脸绷成了某种笑容。

他的笑容写着他的名字！

他的名字是？

科斯塔。加油，科斯塔！

那她呢？

马德莲娜！

你知道他们所有人的名字？

马德莲娜的脸也是绷紧的。马德莲娜正在笑！Bravo（加油），马德莲娜！

有个男人的T恤上写着路易斯。路易斯，我喊道，别给超过了。

若泽和多米尼克！她尖叫。

大家笑啊！我说。

这不是一个会把自己搞衰的城市，我的孩子。所以我才在这里。

我瞥了她一眼。她也在笑，眼睛周围爬满皱纹，她那张老妇的脸看起来像团捏皱的纸。然后她重复道：不是一个会把自己搞衰的城市，这就是我知道的。

她的声音变了。变成十七岁的声音。带着那个年纪的肉体自信与傲慢。这种傲慢从舌头开始，无关乎它说了什么或没说什么，也无关乎害羞或厚颜。这舌头的傲慢伴着它的舌尖沿着它的白牙跑啊跑的，却什么也没说。或者，在某个出乎意料的时刻，这傲慢突然提议要进入或刺探另一个人的嘴——另一个男孩或女孩的嘴。

我瞥着她。她十七岁那年，已经是一个世纪前的事了。

我们朝奇亚多[1]走着，忽然间，心血来潮，我发现自己进了一家糕饼店，问他们有没有一种甜点，一种杏仁蛋奶冻焦糖布丁，名叫“来自天堂的培根”。它是甜的，尝起来像杏仁糖，和培根没任何关系。Toicino do Céu（来自天堂的培根）。我母亲在外面等着。是的，他们有。我买了两块，糕饼师的太太把它们包成礼盒，系上一条有着麦秆之海颜色的缎带。我走回街上。

---

1 奇亚多（Chiado）：里斯本的一处广场及其邻近地区，介于下城区与高地区之间，是融合古老与现代两种面貌的购物街区，也是重要的文化和旅游中心，该区的咖啡馆留有许多知名文人的足迹，包括葡萄牙著名诗人费尔南多·佩索阿。1988 年的大火重创该区，之后由葡萄牙最知名建筑师阿尔瓦罗·西萨·维埃拉（Alvaro Siza Vieira）花十年时间主持重建工程。

这是我的最爱。你怎么知道的？她问我，用她十七岁的声音。每天下午，我都会吃“来自天堂的培根”，她加上一句。

我们在路易斯·德·卡蒙斯广场[1]附近找到一家咖啡馆，装饰着蓝白两色的azulejos瓷砖。

这些瓷砖上的蓝颜色，她说，和“瑞基特蓝”[2]增白剂一模一样。“瑞基特蓝”的每个方形小包都裹着这样的蓝颜色。

我记得，小时候，我常帮你转绞衣机，把床单的水拧干。

是啊，拧完总是满地的水。

反正有拖把嘛。

你上小学之前，的确帮了我很多忙。

在我上小学前，事情总是没完没了。你知道小时候我觉得最神奇的东西是什么吗？

你听起来像是打算写自传的样子，别这样！

---

1 路易斯·德·卡蒙斯广场（Praça de Luiz de Camões）：奇亚多区最知名的两座广场之一，以16世纪葡萄牙史诗诗人卡蒙斯命名，卡蒙斯曾在诗作中形容，葡萄牙是“陆地之终，海洋之始”。

2 瑞基特蓝（Reckitt's Blue）：英国最老牌的畅销洗衣增白剂之一，1840年由贵格教徒瑞基特（Issac Reckitt）创立。

别怎样?

这样你一定会给错误绑住的。

你想猜猜看，小时候我觉得最神奇的东西是什么吗?

说吧。

你的晴雨表!

你父亲书桌旁那个？每次出去时我们都会把它带走。所以你父亲就拿出工具箱，把它钉在墙上。我不知忘了多次。很多很多次。那是个结婚礼物。

晴雨表上别了一块金属牌，牌子上是这样写的。

那群童子军倒是对那块牌子印象深刻。

你是 1926 年 2 月 16 日结婚，但我却在同年的 11 月 15 日就出生了!

话不能这么说！他们怎么会知道？虽然我很清楚你是什么时候怀上的。

我一定是在你新婚之夜怀上的，在巴黎？这样才会刚好满九个月!

我爱巴黎。打从第一次，我就深深爱上了巴黎。

我知道。

那些枕套和莫里哀的雕像。

那你现在为什么没在巴黎？你大可选择巴黎的。

你不能全部生涯都在蜜月里，不是吗？

是不行，妈，但或许可以全部“死”涯都在蜜月里！

这句话让她笑到流眼泪。那是个银色的笑容，就像一束小水流注进一只精雕细刻的红堡[1]古瓮。

那只晴雨表到现在还能用呢，我说。

它的做工很棒。可以用上好几辈子。

每天你都会过去看它，用指关节敲它的镜面，再看一次，然后宣布：它正在往上升！或者，第二天：它正在往下降！

你看过哪个晴雨表一直定着不动吗？

有啊，在非洲。

那时我们不在非洲吧？

你知道当时我怎么想的吗？

她又笑了，朝着鼻子撅起她的下唇。

我看着你擦去晴雨表上的灰尘。然后你开始敲，不是一下，而是三下、四下、五下、六下，我看到你脸上露出神秘的笑容，我知道你已经改变了接下来要发生的事

---

1 红堡（Alhambra）：又称阿尔汗布拉宫，“红堡”为阿拉伯语中之意。西班牙格拉纳达（Granada）知名的摩尔王朝城堡，是西班牙伊斯兰建筑艺术的瑰宝。

情！指针将会转向，预告即将变更。指针会停在“晴朗”（FAIR），把“变天”（CHANGE）抛在后头。隔几天，如果你很焦虑，一直没收到等待的信件，或是你不喜欢读从公共图书馆借来的那本书，你就会用力狠敲晴雨表的镜面，然后指针就会转到接近“暴风雨”（STORMY）的位置。而且从不出错。只要它指向“暴风雨”，马上就会有暴风雨。

所以，你认为我是那个掌控者？

没错。

我的确让很多事情处于我的掌控之下，我必须如此。

我就从没包括在内！

对你，我连试都没试。

没有吗？

人们试图掌控所有风险，让情况不致失控，但这指的是那些原本就在掌控中的事物。对你，我打从一开始就放任自流。

我觉得很孤单。

我真是太惊讶了，孩子，你是那么自由自在。

以前我一直很害怕，怕这怕那。现在还是。

这很自然啊！不然呢？你要不就无畏无惧，要不就自由自在，你没法两个都要。

弄清如何可以两者兼具无疑是所有哲学的目标，妈。

把你带来这世界的，可不是什么哲学。

她开始小口吃她最喜爱的焦糖布丁。

有那么一时半刻，爱可以让你两者兼具，她加了一句。

你经常处在那样的时刻里吗？

一两次。

她笑着说。那笑容伴随一组未说出口的密码。

你知道吗？我说，在你的葬礼过后，我们所有人才知道，早在你遇见父亲之前，你就已经结过婚又离了婚，我们全都惊讶不已。

事情总有水落石出的一天！她说。我们深爱彼此，我的第一任丈夫和我。

那你为什么离婚？

因为我想生小孩！她用沾了蛋奶冻的手指指着我。那时我不知道你会是什么模样，但我想要个孩子。

但他不想？

他和我一起看星星。当时我不急。我才十七岁。老实说，我十六岁的时候遇见他—— 1909 年，那年我读了梅特林克的《青鸟》[1]。我在泰特美术馆[2]遇见他，当时，就像每个星期天一样，我正在欣赏特纳[3]的水彩画。他邀我一起喝杯茶——那时代没什么咖啡——然后告诉我老年特纳的所有双面生活。我觉得他是个老人，虽然当时的他只有你现在的一半岁数。我记得，那时我很好奇他是否也有双面生活。下一个礼拜天，他给我讲了米利暗[4]的故事。

你是说《圣经》故事？

他跟我说了两个。《圣经》的故事和我的故事。你知

---

1 梅特林克（Maeterlinck, 1862—1949）：比利时诗人、剧作家和散文作家，1911 年诺贝尔文学奖得主。其作品倾力关注死亡、生命意义等主题，常带有悲剧色彩和神秘气氛。创作于 1907 年的《青鸟》（*Blue Bird*）梦幻剧是他最著名的作品，描述樵夫的一对子女在梦中寻找青鸟的故事，“青鸟”也因之成为幸福与追求的象征。

2 泰特美术馆（Tate Gallery）：伦敦极富盛名的艺术馆，1897 年由亨利·泰特爵士（Sir Henry Tate）创立，当时名为国立英国艺术美术馆，并专注于英国本国艺术。1917 年，泰特美术馆开始收藏世界现代艺术。迄今，该馆已收藏了大量 15 世纪以来的英国绘画和各国现代艺术作品，近年来又另辟分馆，即泰特现代美术馆，专事收藏 20 世纪的现代艺术品。两座馆址不但收藏丰富，建筑亦极具特色。

3 特纳（Joseph Mallord William Turner, 1775—1851）：英国浪漫主义风景画大师，非常擅于表现雾气弥漫的夕阳和火光。伯格认为，特纳是最能代表 19 世纪英国特性的人物，更甚于狄更斯或司各特。“罗斯金写道，特纳艺术的最基本主题是‘死亡’。我宁愿认为他的创作主题是孤独、狂暴及不可救赎的宿命。”（伯格《看·特纳和理发店》）

4 米利暗（Miriam）：《圣经·旧约》中的女先知，摩西的姐姐，陪同摩西带领族人逃出埃及。

道吗？他是第一个叫我米利暗的人！在家里，亲人总是叫我敏（Mim）。当我离开父亲照管的马厩和那些马匹时，我是敏。等我过了沃克斯霍尔桥（Vauxhall Bridge），踏上他在那儿迎接我的泰晤士河彼岸，我顿时就成了米利暗。

你什么时候嫁给他的？

他那时刚从印度回来，我想，如果我嫁给他，或许是一个留住他的好方法。我留了他九年；有九年的时间，他和他的米利暗快乐地生活在一起。

他不工作？

他思考事物，他提出问题。而我学习，我阅读，所以我能和他谈天。有些事情我们可以聊上一整晚。他叫醒我，带我走进花园，我们有座大花园，花园的尽头，是一尊塞涅卡[1]的胸像，那儿没人看得见我们，我们像亚当和夏娃一样站在那儿，注视太阳升起。

像亚当和夏娃？

赤身裸体。

那房子在哪儿？

1　塞涅卡（Seneca, 4BC—65AD）：古罗马政治家与斯多葛派思想家，被视为古典时代对真理与正义的诚挚追求者，其简练警语式的道德伦理论文，对后世影响极为深远。

克罗伊登。

克罗伊登！我惊声尖叫。

嘘！别叫，人家会看我们；没人会在这座城市里大叫。我还记得我坐在那尊雕像下用心学到的一段话："你必须无欲无求，如果你想超越那个无欲无求的朱庇特！"

但你想要个孩子，而朱庇特不想！

别这么粗俗。艾尔弗雷德崇拜我。你懂吗？他让我觉得自己很美。你父亲查尔斯是个更有男子气概的人；他从远远的地方崇拜我。

父亲见过他吗？

离婚后，他便离家四处漂泊，成了流浪汉。

你一定很难受。

那是他想要的。

你还继续见他吗？

是的，我还见他。就像我现在来见你一样。

他也在里斯本？

如果有哪个人应该直接上天堂，那就是艾尔弗雷德。他是个圣人。很难和圣人一起生活。但他确实是个圣人。他现在不在里斯本。

我想我见过他一次。

不可能!

有一天在克罗伊登，你把我留在一家大店铺里。

肯纳茨（Kennards）!

你把我留在肯纳茨的玩具部。

你喜欢看那里的火车。新式电动火车，不是上发条那种。

你把我带到玩具部，然后你说：在这等着，约翰，我不会去太久。我就等。火车似乎越走越慢，越走越慢。我不担心，但你真的去了很久。我看着信号灯变颜色一千次。你回来时满脸通红，就好像是一路跑过来的。我们随即搭电梯直接下到一楼。在大卖场外面的一条僻静小巷里，有个男人站在人行道上挡住我们的去路，然后你就用手帕把脸遮住。他身上的衣服用绳子捆扎在一起。胡子如杂草般蔓生。还有他的表情！我无法把目光从他脸上移开。

艾尔弗雷德！母亲低语，在那家贴了蓝白 azulejos 的咖啡馆里。

他有你的两倍大，我说，他的老朽模样甚至让他看起来更为巨大。你记得接下来发生的事吗？他给了你一个包裹。

那是一些信件。他说他没有地方放那些信，现在他住在街上，但他无法亲手毁了它们，所以他想送还给我。

那些信还在吗?

她摇摇头。

我把它们烧了，一回到家立刻就烧了。

后来他伸出一只脏兮兮的手拨乱了我的头发，他对你说：他需要好好照顾。

母亲开始哭泣，在贴了 azulejos 的咖啡馆里。

事情该结束的时候，她啜泣道，我不会犹豫。

当时你还爱他吗?

他的眼睛能让人通体燃烧，她低声说。

打从我看到他的那一刻，我就知道，不管那个下午你人在哪里，你肯定是和他在一起。然后我跟自己说，我永远不会告诉任何人。

之后没多久他就死了。被一辆轿车撞倒，那辆车没有停下来。他们以为他是个流浪汉。

她用手捂住脸。

那很危险，她说，咀嚼着字词，只靠美德生活，或只靠塞涅卡所谓的智慧生活，就算那是真智慧，也是危险的。那会让人上瘾，就像喝酒。我已经看出来了。

为什么他说我需要好好照顾?

她放下双手。

他看你一眼就知道了。当时你十岁，一张嘴巴总是张得开开的。

他知道你有小孩吗？

我没隐瞒他任何事。

一张满是痛苦的脸，我说。

接着是一段长长的沉默，我俩都望向窗外，看着房子的白，盯着天空的蓝。然后她说：艾尔弗雷德教给过我而我教给过你，现在我跟你说，你在他脸上看到的不只是痛苦。不只是痛苦。我现在要稍微休息一下了。

她站起身，缓缓朝洗手间走去。

她正在准备土豆泥。又细又松软，她说，一边用叉子翻搅着。她头上裹着一条大方巾。她整天都在我们住的茶室的厨房里工作。她忍受炉灶的热气之苦，然而，当她把沾了糖粉或自制蛋奶冻的手指放进嘴里轻吮时，她总忍不住一脸笑意：甜美的滋味调进了她糕点的骄傲，她知道自己是个很棒的糕点师傅。我看到她在日记本写过。她每年都给自己买一个日记本，通常会等到二月打折的时候。她选中的日记本上总附有一支细细的铅笔。铅笔穿过环圈紧挨着金色的页边。比香烟更小更细——那时，她抽的是 Du Maurier 香烟

——那往往是我们想写东西时唯一能找到的铅笔。有时，我会用它画画。要记得还给我。她会把它小心翼翼地插回环圈里。她用铅笔写每日大事，记下她难得一次的约会，以及有条不紊的每日天气。上午：雨。下午：晴。

再次遇见她，是一个晴朗的早晨。

里斯本市中心的电车，与昔日行驶于克罗伊登的红色双层巴士大异其趣；它们如小渔船般局促，一身柠檬黄。电车司机在顺利通过宛如海峡的陡峭单行道，把车头拐向难以察觉的码头时，给人的感觉是他们在拖网、掌舵，而非转动方向盘和操作换挡杆。尽管不时有陡降、倾斜，如同浪涛起伏，但车上的乘客，大多是老人家，却依然沉稳、冷静——仿佛正坐在自家客厅或正在拜访邻居。事实上，坐在电车开了窗户的座位里，的确是紧贴那些房间，随便伸个手就可以碰到挂在窗台上的鸟笼子，轻轻推上一下，笼子就会晃啊晃的。

我已经乘上 28 号电车，它开往 Prazeres（欢乐），那是一座古老墓园的名字，那儿的陵墓有镶了窗玻璃的门，透过玻璃可以看到往生者的住所。这些住所里大多设有几张矮桌、一把椅子、铺了床罩的床架、地毯、相片、圣母雕像和坐垫。其中一间的地毯上有双舞鞋。另一间有辆脚踏车和一支钓鱼竿斜靠在面对床架的墙壁上，床架上有具小棺木。

我在格拉西亚（Gracia）区的教堂前面搭上电车，那是从墓园驶来的那路电车的终点站，就在我们行经下一个街区，也就是“高地区”[1]时，我再次遇见我的母亲。她就像窄街上的其他行人一样，把自己平贴在一家店门口，好让铃铃作响的电车通过。尽管如此，她还是发现我在车上，于是她在电车停在下一个转角、两组车门像木制窗帘似的咿咿呀呀打开时，带着胜利的神情爬上车，从皮包里拿出车票，然后，用一把普通雨伞当拐杖，走到我旁边，把手臂悄悄塞进我的臂弯。一只狗坐在另一位老妇人的脚旁摇着尾巴，啪啪啪地敲着地板。木制窗帘合了起来。电动引擎哀鸣着，为聚集足够马力让电车再度上路。她没说话，默默地交给我一只塑料袋，上面印着哥伦布购物中心[2]的商标。

---

1 高地区：17 世纪里斯本的时髦住宅区，迷宫般的斜坡窄巷和长串阶梯之间，林立着典雅的传统大宅以及各式酒吧与餐馆，由于此区并未受到 1755 年大地震的破坏，所以仍保有浓厚的历史气息，入夜后则成为里斯本夜生活的大本营。

2 哥伦布购物中心（Colombo Shopping Center）：里斯本最大的购物中心，也是欧洲数一数二的购物中心之一。

到了下一站，当木制窗帘再次打开时，她说：我们是要去市场，我说对了吗？

是的，那正是我的意思。

听到我说"是的"，她笑了，用她十七岁的笑声。

下车吧，她说，走个一分钟就是整条下坡路，一直通到里贝拉市场[1]。

从里面看，里贝拉市场像座宝塔，一座用刻石、玻璃和合金搭建的宝塔。这项工程的最大挑战，一定是如何找到最理想的方式让太阳光照射进来，同时又能提供足够的遮蔽，免除盛夏骄阳的荼毒。解决方案就是把它盖得很高，而且只让光线从侧廊射入。

这里的苍蝇惊人地少，即便是挂满生肉的地方，也看不见几只。她领着我，脚步轻快地走着，雨伞几乎不碰石板路。我们走过蔬菜水果区，直抵鲜鱼大道。

一个念头在我脑海里闪过：她之所以选择里斯本，就是因为里贝拉市场。

大型鱼市是个奇特的地方，进入一个鱼市，你就像是进入了另一个王国。石海胆、海战车（龙虾）、八目鳗、

1 里贝拉市场（Mercado da Ribeira）：里斯本最受欢迎的副食市场和鱼市，19 世纪末即已存在，今天的市场大厅是 1930 年代的建筑。

乌贼、鳕鱼、大比目鱼，都分明表示着，在这儿，有关时间与空间、长寿与苦痛、光明与黑暗、警醒与沉睡、承认与冷漠的衡量尺度，全都改变了。例如，鱼类从不停止生长，年纪越老，体型越大。一条六十岁的沙鳐可以长达两米，而且绝大多数时间都生活在对我们而言似乎全然黑暗的地方。鱼类可以靠嗅觉在水里侦测荷尔蒙。它们还有额外的第六感，也就是所谓的侧线，一种延长了的眼睑，从鱼鳃延伸到鱼尾，可以感受震动、声音和突如其来的干扰。贝类共有四万五千种，每一种都是其他贝类的食物，每一种也都是掠食者。相对于这个另类世界的永恒不变与循环不已的复杂性，年龄只是某种微不足道的东西。

这里的人跟我很熟，我母亲大声说，语气里没有一丝谦逊。

她不相信谦逊这回事。在她看来，谦逊是一种伪装，一种分散注意力的战术，好让人们可以偷偷瞄准其他东西。也许她是对的。

这会儿，她正俯身看一篮圆趾蟹。它们暗沉沉的甲壳有如棕色的天鹅绒，上面覆满软毛，触感柔和，与双螯的锐利恰成对比，它们的腿上有蓝色的污渍，仿佛刚刚才打油里横行而过。

这是所有螃蟹中的上选，她对我说。这里人们管它们叫 naralheira felpuda。Felpuda 就是“毛茸茸”的意思。

她挺直脊背，带着一种我从未见过的神情盯着我的眼睛。

自从我死后，我学了很多东西。你待在这儿的这段时间，应该好好利用我。你可以在死者这里查阅东西，就像查字典一样。

她的表情是一种快乐的傲慢，因为她很确定，如今她已遥遥领先。

我们沿宝塔里的一条通道一路向下，穿过鲆鱼、金枪鱼、海鲂、鲭鱼、沙丁鱼、凤尾鱼、军刀鱼。

军刀鱼，她仰望着遥远的天花板，短短的小鼻子高高翘着，一脸骄傲地说，军刀鱼只有在满月的夜晚才会从黝深的海底浮上水面。

所有的鱼贩都是女人。这些女人有着厚实的肩膀，发达的前臂，穿着橡胶长靴，像搬运热铁一样搬运冰块，但她们紧系的头巾与眼里淡淡的嘲弄神情，都非常女性化。她们对待自家摊上的鱼，就像是对待关系冷淡、有点小烦躁的家族成员。烦躁是因为它们不像从前那样机灵了！

母亲拿起一尾灰虾，闻了闻。正在给一条鱼剖取内脏的鱼贩冲她微笑。

给我半品脱，她说。跟安德丽雅丝（Andreas）打个招呼，她叫安德丽雅丝，她老公人在古巴，有个女儿，是空姐。

安德丽雅丝抓起她正在剖取内脏的鱼，轻轻用刀尖比着一个像是鱼白的东西，紧贴在已经清空的胃腔顶端。闪闪发亮，泛白的粉红色，曲线优美——宛如即将绽放的毛地黄。

那是牙鳕，母亲说。

刀尖小心翼翼地移到胃腔下方，碰到一个橘色的粒状囊袋，和杏干同样颜色，同样大小。那是雌鱼的鱼子。

雌雄同体！安德丽雅丝笑嘻嘻地宣布，接着又说了一次：雌雄同体！好像不想让我们从惊讶中恢复过来。雌雄同体！

我付了虾子的钱，我们继续沿着通道往下走。我们一边吃着虾子，一边把虾头虾尾扔在地上。

我们走上另一条通道，一路向下，经过一家摊子，上面陈列的十几条鱼，是我这辈子见过的颜色最红的鱼了。绯红带火的颜色，即便是花卉，甚至热带地区的花卉，也开不出这样的红色来。

大西洋红鲑鱼，母亲轻声说道。它们的交配习惯也很奇怪。首先，它们要到十岁才发育成熟，就鱼类而言是非常晚的了。其次，雄鱼比雌鱼早熟两个月。还有，它们会像走兽那样进行交配，让精子进入雌鱼体内。接着，雌鱼把精子保存在体内四个月，直到她的所有卵子发育好，三万、五万、十万个卵子。然后，她让精子使卵子受精。没多久，受精卵就在她体内孵化成幼鱼。交配完九个月后，雌鱼在大西洋中产下她的幼鱼。

我总是把生活放在书写之前，我说。

别吹牛了。

真的。

然后默默地把生活忽略掉。

现在我根本不懂自己写下的东西了。

别人或许还能。

我们停在鲑鱼摊前。

爸爸最爱吃鲑鱼，对吧？

没错，她说，不过他死后比较爱吃剑鱼。葡萄牙文叫espadarte！剑鱼有根形如利剑、又长又尖的上吻部，占身体全长的三分之一。它左右挥舞着那根剑，把它猎捕的鱼一一砍死，每只都一剑毙命。海明威的故事里海上老人与之搏斗的就是剑鱼，没错吧？那本书让我想起你父亲还有第一次世界大战的战壕。有什么关联？你一定会问。我无法解释每一件事。那个故事就是会让我想起你父亲还有那场战争。我说不出为什么。

都与勇气有关？

她点点头。

我没见过哪个男人像你父亲那样经常流泪，也没见过哪个男人有他一半的勇敢。

她再次点点头。我挽起她的手臂。

最奇怪的事情，约翰，是剑鱼的肉——千万别跟银军刀鱼搞混——这种庞然大鱼的肉，经过腌制烧煮，竟然会变成这世上最柔软、最美味、最白嫩的佳肴。入嘴即化，根本不用咬，尝起来的口感就像蛋奶酥（soufflé）。每一次我煮完剑鱼后，都把鱼肉像一个吻般盛进他的盘子。

他来这里吃？

当然不。不管他在哪里，每当他忽然想起我，他就会吃。就像每次我想起他，我就会做这道菜。

我们是不是该去买一条剑鱼，我问，还是我们要像现在这样继续想象下去？

你在说什么啊？我告诉过你了，剑鱼必须用柠檬汁和橄榄油腌制！所以我们必须得买几颗柠檬，还有一颗青椒、一颗黄椒和一颗红椒。要先把彩椒切了放进锅里，把汁烧出来，然后把鱼丢进去。鱼要切片，每片大约三百克，不要太薄，要从剑鱼的肚子上侧切下一块肥美多汁的厚片。烹煮一下下就好，千万别煮太老，最好盖上锅盖闷一会儿。有人会搭配刺山柑[1]一起吃，我不喜欢。好，我去买鱼，你去找柠檬和彩椒。

一连几天，她都没再出现。我搭渡轮去了塔古斯河彼岸的卡西利亚什[2]。从那里越过河水回望里斯本，每栋大型建筑都可以一眼认出，每个地区，就像标示在街道图上似的，能够轻松辨识出来并说出名字。后方的山峦好像把整座城市都推近了海边，就挨着海的边缘。而最奇特的是，从这个距离看过去，里斯本给我的印象竟是除去了所有衣衫，赤身裸体！我不知道这印象是由于云影的关系，还是由于麦秆之海

---

1 刺山柑（Caper）：又名水瓜钮、续随子。原产于地中海沿岸。现常见于法国南部、意大利和阿尔及利亚等地区。我国新疆、西藏等地区亦有出产。喜生于干旱有沙石的低山坡、沙地上。为欧洲南部及非洲北部居民常用的调味品，多用以调制（炖）肉类和作为色拉及薄饼（Pizza）的调配料。

2 卡西利亚什（Cacilhas）：位于塔古斯河南岸的小村，有座巨大的船坞和小小的历史中心，从古老而荒凉的码头上，可将塔古斯河北岸的里斯本尽收眼底。

折射的阳光，又或者是因为我所进入的这个地区——几个世纪以来，水手和渔人就是在这里再次找回他们魂萦梦牵的里斯本，或最后一次回望他们挚爱不渝的里斯本。

第二天，阵阵狂风夹带着大西洋暴雨的咆哮袭击里斯本。我正穿行于祖国烈士广场（Campo dos Mártires da Pátria），夹克风帽拉到头上。这雨像癫痫发作似的滂沱而来。1817 年，祖国的烈士们在这儿被处以绞刑，这座广场的名称就是这样来的。当初行刑的绞架，就竖立在今天的环岛处。十二位烈士全是共济会成员。下令处死他们的是贝雷斯福德元帅（Marshal Beresford），因为在威灵顿（Wellington）的半岛战争[1]之后，英国人成了这个国家的统治者。那十二个人被指控为共和分子和阴谋叛变者。当他们被蒙上眼睛时，他们为这座城市祈祷。

奇怪的是，这座如今带有环岛、电车、交通川流不息

---

1 半岛战争（Peninsular War, 1806—1814）：拿破仑战争中最重要的战役之一。1806 年拿破仑下令执行大陆政策，禁止欧陆各国与英国贸易，想借此封锁英国，但葡萄牙违抗命令继续与英国贸易，于是拿破仑挥军入侵伊比利亚半岛，葡萄牙和西班牙的军队与民兵则在英国威灵顿公爵的指挥下，与拿破仑军展开为期六年的惨烈战事。西班牙画家戈雅所绘的《战争的灾难》，就是对这场战争的控诉。当时负责葡萄牙战区的英国军官即贝雷斯福德，战争结束后，贝雷斯福德也随之成为葡萄牙的实际统治者。

的广场，竟然仍挤满了祈祷者。想从祈祷者中间钻出一条缝，就像想打牲畜集市的牛群中穿过一样困难。烈士的祈祷者。这样的祈祷者当然得拜访市立殡仪馆，就在广场北端的法医研究所旁边，而所有来这儿的祈祷者，也都是为了感激矗立在环岛中央的那尊雕像的主人：若泽·德·索萨·马丁斯医生（Dr. José Thomas de Souza Martins）。

雕像四周立了许多石碑，看起来有点像墓碑。一些斜倚在雕像的基座上，其他的则彼此依靠。它们并不是墓碑；上面刻写的，全是祈祷者对这位医生的感激，感激他治好了他们的肝硬化，或支气管炎，或痔疮，或阳痿，或结肠炎，或某个小孩的气喘，或某个女人的紧张……有些是他活着的时候治好的，有些则在他死后。

几个老妇人在广场上兜售他的照片。裱框的或没有裱框的。马丁斯医生看起来有点像我的埃德加大伯——我父亲的哥哥，一个从不停止学习的学问人，一个从不绝望的理想家，一个人人（包括我母亲）眼中的失败者，一个因为握笔写了数百页没人看过也从未出版的书因而让右手中指长了粗茧的人。

这两张脸的共通之处，是嘴巴部位罕见的松弛，那不是虚弱无力，而是一种渴求亲吻甚于咀嚼的欲望。他俩还有着类似的前额，不是聪明绝顶的前额，而是无边无际、鼓舞人心的前额。如今，在马丁斯医生死后一百年，他被里斯本人奉为“天堂与人间的医生”。而我的埃德加大伯，则依然向我展示着沉默之爱的力量。

风夹着雨，海鸥低低掠过屋顶。这是个人人背向大海的日子，除非他们的亲友正在海上。

妇女们蜷缩在环岛中央的一顶顶黑伞下卖蜡烛。三种尺寸的蜡烛，各有价钱，虽然价钱都没有标出。最长的一种三十厘米，蜡色宛如羊皮纸。靠近医生雕像的地方，一支支点着的蜡烛在两张金属桌上燃烧。结满旧熔蜡的桌面上，一根根突出的铁尖等待着新烛插上，高高的金属薄板立在后面阻断来风。我注视着烛火。它们闪烁，它们摇曳，它们像来自玩具龙嘴里似的被吹向一边；但没有任何一棵火苗向大雨或狂风屈服。一个头戴黑帽、有着吉卜赛人面容的男人，贴近烛火站立，神情关切地检查它们。也许，当风转向时，他会转动烛桌或金属薄板来保护火苗，也许，他是从制烛店那儿讨来这份坏天气的工作，只要求微薄的薪资。或者，他只是像我一样单纯地站在那儿，被这些火苗的坚韧给迷住了？

慢慢地，一个念头进入我的脑海，我想去买几支蜡烛，自己点上。我知道它们将为谁点燃。我想到三位朋友，此刻，基于不同的原因，他们都在海上。

我买了最长的蜡烛，它们可以点最久，然后，我走到其中一张烛桌前。我插上它们，一支接着一支，在最靠近的三根铁尖上。插完之后，我才想起，我该先就着烛火点燃其中一支，这样才能把另外两支插好的蜡烛给点着。现在，想要在强风中用火柴点燃它们，实在很难，更何况我根本没有火柴。

就在我发现自己所犯的错误时，一名矮小的女人从后面递给我一支点燃的蜡烛。我接下蜡烛，没回头看，肯定是她，不会有错！然后，我站在那儿，被三枚闪烁跳跃的新燃烛火催眠了。

当我终于转过头来，我简直不敢相信，雨伞下那名矮小的妇人竟然不是我母亲。

我很抱歉，真是对不起，我不假思索地冲口而出，我以为你是我母亲！我用法文说着，每当我陷入混乱状态时，我就会说法文。

我想，我应该年轻到足够当你女儿吧，她轻轻回答，用带有葡萄牙腔的法文。我把她的蜡烛还给她，蜡烛还燃烧着，我鞠了个躬。

一旦它们被点燃，她说，不论它们做什么好事，都无需我们参与了。

当然，我低声说，当然。

你看起来有点困惑，她说。

你的法文说得很好。

我曾在巴黎工作。清洁工。去年我满五十五岁，我对自己说，是回里斯本再不离开的时候了。我丈夫也和我一起回来了。

我能请你躲躲雨、喝杯咖啡吗？

不行，插好蜡烛后，我就得回家了。

她有一双蓝眼睛，在一张坚强而毫无戒备的脸上。

这是给我丈夫的，我的爱人。

他生病了？

不，他没生病。他出了意外。从他工作的屋顶上摔下来。

伤得很重吗？

她盯着我的胸膛，仿佛它是遥远的麦秆之海。后来我知道，他死了。

你应该像我一样带把伞！她说。接着又加了一句：我们的蜡烛都会继续燃烧，做它们能做的，而不需要我们。

我离开环岛，好不容易穿过繁忙的车流，找到一家咖啡馆。我走进去，脱下风帽夹克，到洗手间用毛巾擦干脸，点了杯烈酒。店里高朋满座，许多人衣着非常考究。我一边啜饮烈酒，一边聆听，有德文，还有英文。于是我得出结论，这些客人大概是来自附近的大使馆。

看来，今天早上你去看了马丁斯医生。这世上曾有个多么好的人啊！我们里面有些人现在还常去找他看病。

我听到她说话，但看不见她。只有我一个人坐在那儿。

他们怎么去找他看病，我是说，你的朋友？

他的门诊时间是他睡着的时候。

马丁斯医生一百年前就死了。

死人也可以睡觉吧，不行吗？

他们有什么病痛，你那些去找他看病的朋友？

很多人患了希望症。在我们这里，希望症就和人世间的忧郁症一样普遍。

你把满怀希望当成一种病？

这种病的末期症状之一，就是想再次介入生命，对我们来说，这可是绝症呢！

有办法治好吗？

马丁斯医生开了一帖烈士魔咒药方。

他好像很爱女人，我告诉她。

给你讲个故事，她说道。有一天，一位有钱的女患者请他去她的豪宅出诊。他为她做了检查，然后请她的女仆替他从餐具室——注意，是餐具室——倒杯水来。他知道餐具室离这房间很远。女仆离开之后，他便着手治疗。然后女仆端水回来，他把水喝了。医生，你下回什么时候过来？女病患从卧榻上问。他想了一会儿，迅速跟病人眨了一下眼睛，说道：等我渴的时候，Señora（夫人）。说完之后，马丁斯医生就离开了。

她笑了。一串水晶般的笑声，仿佛咖啡馆里的每个人都在敲玻璃杯。从其他人的反应来看，没人听到这笑声。

我看过格劳乔·马克斯[1]演他，她说。

我们两人曾在戴维斯影院看过《歌剧院之夜》和《鸭羹》。她的笑声在电影院里像裹了一层布似的，好像她不想让别人注意到我们，因为我们的存在有那么点非法的味道似的。说非法，一方面是我们没告诉任何人我们要来这家影院，更直接的原因则是，她总是设法把我俩弄进去而

1 格劳乔·马克斯（Groucho Marx, 1890—1977）：美国著名的舞台剧和电影笑星"马克斯兄弟"成员之一，招牌装扮是画上去的浓密胡须和厚重的眼镜，以及一根巨大的雪茄。后文的《歌剧院之夜》（*A Night at the Opera*）和《鸭羹》（*Duck Soup*），都是马克斯兄弟主演的电影。

不付钱，并常常成功。诀窍就在一条没铺地毯的狭窄楼梯和各个安全出口上。

我所有的书都是讲你的，我突然说。

少胡扯！也许你是写了那些书，所以我得在那儿，跟你做伴。而我的确是那样。不过那些书和这世上的每件事情都有关，就是和我无关！我一直等到现在，等到你变成里斯本的老头子了，这才终于等到你准备写这个关于我的小小故事。

书籍总是和语言有关，对我来说，语言和你的声音是不可分割的。

别在那里耍小聪明。只要想想我，你就会学到什么叫忍耐。这是你只能从女人身上学到的东西，从男人那儿你无法学到。

《南极的司各特》[1]？

想想司各特的太太。她叫凯特琳。我很懊悔，凯特琳说，不为任何事，只为他的苦难。

你为什么从不读我写的书？

---

1 《南极的司各特》（*Scott in the Antarctic*）：1948年由查尔斯·佛兰德（Charles Frend）执导，约翰·密尔斯（John Mills）主演的电影，讲述英国南极探险家司各特的故事。

我喜欢可以带我进入另一种人生的书。出于这个原因我才读以前读过的那些书的。我读了很多。每一本都关于真实的人生，但与我翻开书签位置继续阅读时发生在我身上的人生无关。我一读书，就丧失了所有时间感。女人总是对别种人生充满好奇，男人因为太过有雄心壮志而无法理解这一点。别种人生，别种你以前活过的人生，或你曾经可以拥有的人生。我希望，你书里所谈的人生，是我只愿想象而不愿经历的人生，我可以自己想象我的人生，不需要任何文字。所以，我没读它们是比较好的。我可以从书柜的玻璃门上看见它们。对我而言，这就足够了。

这些日子我冒险写了些胡诌的东西。

只要把你发现的东西写下来就好。

我永远不知道我发现了什么。

是啊，你永远不会知道。你只要知道，不论你是在撒谎或是在试图说出事实，对于其中的差别，你再也犯不起任何一点错误。

我十三岁那年，她因故必须拔掉她的所有牙齿。她坐在出租车里给送回家。我站在卧室门口。她平躺在床上，下巴突出，两颊因为少了牙齿而整个凹陷。我知道我必须在两件事情当中选择一件，在那个当口，我也只能做那两件事。一是尖叫，二是走过去躺在她身边。于是，我在她身边躺了下来。她实在太狡诈了，狡诈到没有立刻表现出她的喜悦。我俩都只得等待。几分钟后，她从被单下伸出一只手臂，用她冰冷的手握住我的手腕。她的眼睛始终闭着。大多数人，她说，都无法忍受事实。事实真是糟透了，但它就摆在那里，大多数人都无法忍受。而你，约翰，我想你可以容忍事实，以后我们就会知道。时间会告诉我们。当时我没回答。我就那样躺在床上。

大多数时候，我都处于迷失状态，我在挤满大使馆雇员的咖啡馆里告诉她。

正因为这样，你才看得清楚。

很少。

比我好！

她又笑了。层层滚落的笑声，宛如涌上溪岸的清流。那笑声像是在邀我跳舞，在废墟上跳舞，于是我把椅子往后推，像舞厅里的舞伴那样伸出手臂，朝我以为她所在的位置跨了一步。大使馆的员工全都抬起头，目瞪口呆。我坐了下来。等大伙重新恢复谈话后，我轻声说：

下次我在哪儿见你？

在水道桥上。“自由之水”水道桥[1]。

那桥很长，有 14 公里吧，我想。

在它跨越阿尔坎塔拉峡谷（the Alcântara valley）那里。那里的桥拱有六十几米高。站在那上面，你几乎可以看到美洲！我会在第十六个桥拱处等你。

从哪边算起的第十六个？

你说呢？当然是从“水之母”算起。礼拜二早上我们那儿见。

不能提前吗？

你知道一星期七天里面，每个人都有一个幸运日。

我的是哪一天？

礼拜二。你很可能会在礼拜二去世。

那你的呢？

礼拜五。你没注意到吗？我还以为你早就注意到了。

你不经常在啊。

比你以为的经常，经常多了。我总是不在那里，那就是你想要的。我永远不在那里。

---

1 “自由之水”（Águas Livres）水道桥：里斯本昔日最主要的自来水供应源。兴建于 1731—1748 年，共有 35 道桥拱，最高的一座可达 66 米。除了明显可见的水道桥外，整个水管系统长达 56 公里，直至 1853 年才正式开放对大众供水。

礼拜五你好像真的比较开心，我说。

这不是开不开心的问题，而是我知道自己那天得到比较多的保护，因此更自由。

你什么时候发现礼拜五是你的幸运日的？

十岁的时候；我发现礼拜五我总是可以飙出完美的高音。从不失误。

那现在礼拜五还是你的幸运日吗？

不，现在我的幸运日是礼拜二，因为我在这里是为了你。

她又笑了。未卜先知的笑。好像她已经看到我们两个正在接近一个大玩笑。

里斯本是座忍耐之城，是一堆无法回答的问题和一堆昵称。“自由之水”水道桥落成于 1748 年。七年之后，它逃过毁灭市中心的那场大地震，毫发无伤。难道是军队工程师在规划水道桥路线时，曾试图避开那些地质断层带？若非如此，它的幸免于难可真是一大谜团。后来，又有许多附水道桥陆续增建，以便提高“自由之水”的供应量。不过事实上，正如持怀疑态度的人一开始就警告过的，“自由之水”的水量从来不足以供应全城。

19 世纪时，这条水道桥的名字是 Passeio dos Arcos，“桥拱之路”，因为住在西边村落里的居民，就是把它当成捷径，由它走进城里去兜售物品或出卖劳力。有了这条水道桥后，他们就不必大费周章地先下到阿尔坎塔拉峡谷，越过河水，再爬上来；他们只要走个一公里跨过天际即可。据说就是因为这样，他们还给横跨阿尔坎塔拉峡谷的 31 座桥拱一一取了昵称，像是莉娅（Lia）、阿蒂拉（Adila）、卡罗琳娜（Carolina）、桑德拉（Sandra）、伊拉塞娜（Iracena）等等。而位于正中央、直到今日依然是全世界高度第一的石造大尖拱，他们给它取名为玛伊拉（Maira）。

继古罗马人之后，这是现代第一个提议利用水道桥将水引进城里的计划，政府当局的动机并非出于卫生考虑或顾念老百姓长期缺乏饮水之苦，而是基于对火灾的恐惧。每一年，大火不断吞噬掉这座城市一区又一区的财产。

水道桥兴建完成之时，庞巴尔侯爵和那些银行家们全都接了私人导水管从水道桥上引下水源。然而与此同时，住在非水源处的穷人们，仍只能仰仗公共水泉的恩泽，但这类水泉只要一逢上旱季，立刻就会枯竭。要不，他们就只能以负担不起的价格从卖水人那里买水喝。这就是为什么这座水道桥后来会改称“自由之水”的原因。

你总是什么都想要吗？她的声音打断了我的思绪。

我想起她给甜菜根削皮、切片的模样，握着甜菜的手，又短又硬的刀子，浸染汁液的手指，还有那些深红带紫的闪亮薄片，它们强烈饱满的色彩与她日复一日、每分每秒的坚持不懈，有种莫名的相称与契合。

当我开始询问怎样才能登上水道桥时，我立刻了解她为何要故弄玄虚地把约会定在下周二了。这件事确实得费点时间。水道桥的所有入口都上锁，得向供水公司提出正式申请才有办法上去。就算有充分的理由可以提出申请，某些行政程序上的拖延也是免不了的。我决定跟他们说，我正在写一本有关里斯本的书。

你对这城市很熟吗？供水公司的公关小姐问我。她看起来很烦，好像有很多考卷要改似的，虽然她显然不是老师。这让我想到，我应该买几个“来自天堂的培根”给她。这样她就可以一边打计算机，一边心不在焉地吃了。

不，我回答，我很喜欢这座城市，但我对它不是很了解。正因如此，我需要你的帮助。

你也许知道，“自由之水”本来一直供应里斯本的用水，直到几年之前。现在它不再供水了，但我们依然让它维持运作，以示——嗯，是怎么说的来着——对了，以示敬意？你可以礼拜一早上和费尔南多一起上去。他是水管的维修检查员。早上八点半，在办公室这里，礼拜一！

请问，可以礼拜二吗？

可以啊，但我以为你很赶。

我想礼拜二比较方便。

那就礼拜二来吧。

费尔南多是个六十四五岁的男人，快退休了。他在“葡萄牙帝国自由之水公司”服务了一辈子。他始终保持着双眼紧眯、腰杆挺直的模样，并有种习于独处、远离人群的气质——像是牧羊人或尖塔修建工。他领着我飞快穿过气势宏伟、宛如神殿的蓄水库，那里总计可容纳五千立方米的水量。他显然不喜欢这座神殿——这神殿是为太多人兴建的，这里也举行了太多的演讲。

他的热情全都倾注在来自源头的那条水流上，倾注在那段漫长、孤独、不合乎自然又几乎不可置信的旅程之上。一段历经潜流地底、匍匐路面到飞跃天际的旅程。水流上到那里之后，要让它们在导管中保持冰凉状态，然后经过彻底的混合、沉淀和澄清，同时给予正确数量的光线，以免水分饱和膨胀。就在我们踏上从水库爬往水道桥阶梯的那一刻，他放慢了步伐。

水道桥的顶端只有五米宽，由看似永无尽头的石制隧道构成，隧道两边各有一条开放、笔直的通道，旁边筑有护墙，以免人不小心掉下去。费尔南多把水道桥里的流水当成某种有生命的东西，需要保护、喂食、清洗、照顾——几乎就像动物园里的动物。比方说，水獭。每周一次，他会走十四公里去到它的源头，确定一切都没问题。我想他一定觉得，隧道里的水流就像水獭一样，可以认出他的脚步声。他很担心自己就要退休了。

这回，我们必须沿着通道在阿尔坎塔拉峡谷上空走上一段距离。他在护墙上比了个手势，表示他一想到自己还得忍受下面那些密密麻麻的人群、牛只和喋喋不休，他就很恨。更糟的是，他的身体偏偏还这么硬朗！他问我年龄多大了。我告诉他。所以你懂！他说。Você entende（你懂）！我懂。

接着，他想带我参观他的隧道。他向我解释，那两条半圆形输水槽，徒手是如何把玄武岩石一块一块雕凿出来，那些石块又是如何一一榫接；石块和石块间的缝隙要用腻子填合，腻子是用生石灰、粉状石灰岩加上初榨橄榄油混制而成，凝结后的腻子可比玄武岩还要坚硬。费尔南多已经被训练成一名优秀的石匠。

我不能与他同行，因为我有约会。我和母亲碰面时，也不希望他在旁边。换作其他时候，一旁有人并不会困扰我。也许是因为地点的关系吧，因为这里远离地面。也或许是因为，这是有史以来头一回，母亲事先和我约好了时间。

我告诉他我想画一下这里的风景，但画画时我需要安静。他点点头，然后打开进入隧道的门，他说他会让门开着，等我画好，可以进去找他。

当他踏出阳光，步入拱形的幽暗世界，他的脸庞随即放松，眼睛也睁开了。隧道内部既矮且窄。伸开双臂轻易就可碰到两端的墙面。位于两边的半圆形水渠，直径约莫两掌宽。里面的水不到半满，水流平静而持续。经过几公里的旅程之后，水流已经习惯了坡度的存在。

从中央望去，在两条水槽上方，一条石板步道笔直地延伸至视线的尽头。步道同样很窄。无法容纳两人并肩而行，一人必须退后。费尔南多打开他的探照灯，开始往前走。

过了一会儿，当我斜倚在他刚刚打开的大门对面的护墙上时，我想我听到了他在说话。他说着一些简短的句子，像是在做批注。但里面没人和他一起。

在水道桥平直度的怂恿下，我踏上户外步道，开始快速下行。从某种意义上说，维埃拉·达·席尔瓦[1]的画作都是关于里斯本、里斯本的天空以及横贯天空的通道的。当我到达峡谷另一端时，我回过头，数着桥拱的数目，直到第十六座，那里离费尔南多打开的大门并不远。

通道下方，是几条尚未完成的街道以及几栋住了人但还在修建的房子。一个穷郊区而非贫民窟。我看见一辆没有轮子的轿车，一个厨房椅大小的阳台，一个小孩正在用一根绑在树上的绳索荡啊荡，红色瓷砖涂上了水泥以免被大西洋的强风刮走，一扇没有窗框的窗子外挂着两床被褥，一只被锁链锁住的小狗在阳光下狂吠。

看见了吗？她突然出声。每样东西都是破的，都有些小缺损，像是给工厂淘汰的瑕疵品，以半价便宜出售。并非真的坏了，就只是不合格。每样东西——那些山脉，那片麦秆之海，那个在下面荡啊荡的小孩，那辆车，那座城

1　维埃拉·达·席尔瓦（Vieira da Silva，1908—1992）：葡萄牙女画家，出生于里斯本，青少年起跟随许多当代大师学习绘画和雕刻，1930年在巴黎展出画作，并与匈牙利画家塞奈什（Árpád Szenes）结婚，之后大多时间居住在法国，是战后抽象主义画家中相当重要的一位，以其迷宫般紧密复杂的构图闻名。1994年塞奈什暨维埃拉·达·席尔瓦基金会在里斯本开幕，展出这两位画家的遗世作品。

堡，每样东西都是瑕疵品，而且打从一开始就有缺陷。

她正坐在通道中一只便携式小凳上，离我只有几米。那是一只三脚折叠小凳，非常轻便；她习惯随身携带，这样就可以在公共场合随时坐下。她戴了一顶钟形帽。

每样东西一开始都是酸的，她说，然后慢慢变甜，接着转为苦涩。

爸爸喜欢吃那个剑鱼吗？我问。

我是在谈论人生，不是琐事。

虽然她嘴里这样说，但脸上挂着笑，甚至连肩膀也在笑。我记得这笑容，很像 1935 年左右她穿着游泳衣站在沙滩上的笑容，因为当她穿上游泳衣时，她觉得自己不需要工作。

打从一开始就出了错，她继续说道。每样东西始于死亡。

我不懂。

有一天，等你来到我这个位置之后，你就会懂了。创造起始于死亡。

两只白蝴蝶在她的帽子上转圈圈。它们或许是跟着她一块儿来的，因为在这个高度的水道桥上，根本没什么可吸引蝴蝶的东西。

起始当然是一种诞生，大家不是都这样认为吗？我问道。

那是一种常见的错误，你果然如我所料，掉进陷阱里了！

所以，你说，每样东西都始于死亡！

完全正确！随后才是诞生。之所以会有诞生，是为了要给那些打从一开始就坏了的东西，在死亡之后，有个重新修补的机会。这就是我们为何出生在这世上的原因，约翰。来修补。

但是，你不算真的在这世上吧，你算吗？

你怎么会这么笨！我们——我们这些死去的人——我们都在这世上。就跟你和那些活人一样，都在这世上。你和我们，我们都在这世上，为了修补一些已经破损的东西。这就是我们为何会出现的原因。

出现？

成为存在的。

你说得好像没人能选择任何事一样！

你可以选择任何你喜欢的。你只是无法希望每件事情都如意。

她依然笑容灿烂。

当然。

希望是一只超级放大镜——就是因为这样它才无法看远。

你为什么一直笑?

让我们只把希望放在那些有机会实现的东西上吧!就让那些东西修好吧!一两样好了一大堆也就好了。只要把一样东西修好,就可以改变其他一千种东西。

怎么说?

下面那只狗的链子太短了。改变它,把链子加长。这样,它就可以走到阴影处,它就会躺下来,不再狂吠。然后这寂静无声的环境,会让母亲想买只金丝雀养在厨房的笼子里。在金丝雀的歌声中,母亲把衣服烫得更平整。父亲穿着刚熨好的衬衫去上班,他的肩膀就不会那么酸痛。于是下班回家后,他就会和从前一样,有时间和青春期的女儿开玩笑。而女儿将因此回心转意,决定找个晚上把她的情人带回家。然后另一个晚上,父亲将提议和那个小伙子一起去钓鱼……这世上谁会知道呢?不过就是把链子加长而已。

那只狗还在叫。

有些东西想要修复,除了革命之外别无他法,我说。

那是你这么说，约翰。

那不是我怎么说的问题，那是环境的问题。

我宁可相信那只是你的主张。

为什么？

那样比较不像推托之辞。环境！什么事情都可以躲在这两个字背后。我相信修复，还有另一样我现在要告诉你的事。

那是什么？

无可逃避的欲望。欲望永远无法阻止。

说到这里，她从折叠小凳上站起身来，斜倚着护墙。

欲望是阻挡不住的。我们当中有个人曾向我解释缘由。但在那之前，我就知道答案了。想想无底洞，想想空无一物。完完全全的空无一物。即便在绝对的空无中，仍然有一种吁求存在——你要加入我吗？“空无一物”吁求着“某事某物”。总是这样。然而那里终究仍只有吁求；毫无掩饰嘶哑哭喊的吁求。一种锥心的渴望。于是，我们陷入了一个永恒难解的谜：如何从空无一物中创造出某事某物。

她朝我走了一步。用她那游泳衣的笑容轻声低语，咖啡色的双眸凝定在远方的某一点上。

这创造出来的某事某物，无法支撑其他任何东西，它只是一种欲望。它不拥有任何东西，也没任何东西能给它什么，这世上没有它的位置！但它确实存在！它存在。他是个鞋匠，我想，那个告诉我这一切的人。

听起来像是雅各布·波墨[1]。

别再掉书袋了！

她大笑，用她十七岁的傲慢笑声。

别再掉书袋了！她又咯咯笑着说了一遍。从这儿起你就可以拼过任何一个掉书袋的人了！

我们凝视着下面的红色瓷砖，以及窗户上的两床被褥。小狗不叫了。然后，她的笑声终止，我握住她冰冷的手。

放手写吧，把你发现的东西写下来，她说。

我永远也不知道我发现了什么。

是啊，你永远不会知道。

书写需要勇气，我说。

1　雅各布·波墨（Jacob Boehme, 1575—1624）：德意志基督教神秘主义者，出生于格尔利茨（Görlitz）一个未受教育的农民家庭，以游方鞋匠为业，四处行旅的经验让他对空洞的教义和许多表里不一的现象产生不满与困惑，1600年起的几次灵视体验，让他悟解出一套关于罪、恶、救赎的神秘思想，认为人类在离开上帝之后，必然得经历一段变异、欲望和冲突的过程，然后重新取得善与恶的知识，以达到比原初的天真状态更完满的救赎和谐。
格尔利茨位于今德国最东部，属于萨克森州，与波兰接壤，历史上曾属于普鲁士西里西亚省（1816年起）。1944年纳粹曾在此设立集中营。

勇气会来的。写下你发现的东西，让世人注意到我们，拜托了。

你再也不来了！

所以，拜托了，约翰。

接着，她迈开脚步，将折叠小凳递给我，朝费尔南多没上锁的大门走去。她用力拉开大门，就好像她每天早上都这么做，做了一辈子似的，然后跨上输水槽顶端，步入那条狭窄的石板步道。

里面空气转凉，仿佛我们是在地底而非天际。光线也不相同。门外，阳光闪亮而透明，渗入隧道之后，就转而变为金黄。每隔五十米，拱顶天花板便向外开出一座小塔，有如石造的灯笼天窗，将光线引进里面。而每一座天窗，都像接力似的，不断向远方退去，洒落的阳光宛如一道金色帘幕，越来越小，越来越小，越来越小。里头的声响也不同。在无边的寂静中，我们听见水流的舔啜声顺着两条半圆形玄武岩石渠一路通往“水之母”——就像猫舌舔水那样，声声分明。

我不知道我们站在那里彼此对望了多久——也许从她死后有整整十五年。

终于，她转过头，咬着下唇，开始走。一边走着，她一边头也不回地重申：拜托了，约翰！

她从第一座石造天窗，迈入一重接一重的光瀑。在她两侧，水流闪映着宛如漂烛一般忽上忽下的耀眼星点。她走进一片金黄之中，金黄如同帘幕一般将她藏起，我再也看不见她，直到她重新出现在远方的光瀑之下。她越走越远，越远越小。越走越不费力，越远越显轻盈。她消失在下一道金色帘幕的包覆之中，当她再次出现时，我几乎看不清她的身影。

我屈下身，将手放进追随她而去的涓涓流波中。

2

日内瓦

Genève

博尔赫斯有张照片，大约拍摄于1980年代初，在他离开布宜诺斯艾利斯来到日内瓦并死于日内瓦的一两年前，他说日内瓦这座城市，是他的“故乡”之一[1]。在这张照片中，你可以看到他已近乎全盲，你可以感受到盲目如何是一座监狱——他经常在其诗作中提到的那种监狱[2]。同时，照片中他的脸，是一张居住着许多其他生命的脸。那是一张满是友伴的脸；许许多多的男男女女带着他们的爱憎情仇透过他那几乎不具视力的双眼诉说着。一张欲望无尽的脸。那是一幅肖像，标着“匿名”，提供给成百年成千年的诗人。

日内瓦是座复杂矛盾、难解如谜的城市，像个活生生

---

1 博尔赫斯（Jorge Luis Borges，1899—1986）在《密谋》（*Los conjurados*, 1985）一书的序文中写道：“这篇序文口授于我的故乡之一日内瓦。”关于日内瓦，博尔赫斯曾在《图片集》（*Altas*, 1984）一书中表示：“在世上所有的城市中，在一个浪迹天涯的人一直寻找而有幸遇到的各个亲切的地方中，日内瓦是我认为最适合于幸福的城市……日内瓦和别的城市不同，它不强调自己的特色。巴黎始终意识到自己是巴黎，自尊的伦敦知道自己是伦敦，日内瓦却几乎不知道自己是日内瓦。加尔文、鲁索、阿米耶尔、霍德勒的巨大影子笼罩在这里，但是谁都不向游客唠叨……我知道我总要回日内瓦的，也许是在肉体死亡以后。”参见《博尔赫斯全集》III，台北：商务印书馆，615页。

2 三十九岁那年（1938），博尔赫斯因一场严重事故，眼睛开始逐渐失明，之后在母亲与友人的协助下从事文学活动。在《深沉的玫瑰》（*La rosa profunda*, 1975）的序言中，博尔赫斯写道：“失明是封闭状态，但也是解放，是有利于创作的孤寂，是钥匙和代数学。”

的人。我可以帮她填写一张身份证。国籍：中立。性别：女。年龄：（判断受到干扰）看起来比实际小。婚姻状况：离异。职业：观察员。生理特征：因为近视而略微弓身。整体概述：性感而隐秘。

在欧洲其他城市中，有着同样令人屏息的自然条件的，只有托莱多[1]（这两座城市本身截然不同）。然而想起托莱多，我的脑海中就会浮现出格列柯[2]画笔下的这座城市；可是从来没有哪个人为日内瓦画出这样的画，她的唯一象征，是从湖里向上喷射而出、像个玩具似的大喷泉，她把这个喷泉当成卤素灯，关关开开。

在日内瓦的天空中，云随着风——其中寒风与焚风是最为恶名昭著的两股——自意大利、奥地利、法国，或北边的德国莱因河谷、荷比低地和波罗的海而来。有时，它

1 托莱多（Toledo）：西班牙中部古城，位于山巅之上，三面由塔古斯河环绕，曾是西班牙帝国的首都，基督教、犹太教和摩尔文化同时并存于其中。

2 格列柯（El Greco, 1541—1614）：本名 Doménicos Theotokópoulos，出生于希腊克里特岛，El Greco 是“希腊人”的意思，原是西班牙人对他这位“外人”的称呼，后来反倒成为传世之名。格列柯在故乡时便接受绘画训练，深受后期拜占庭风格的神秘主义影响。1570 年前往威尼斯受教于提香门下，1577 年移居西班牙托莱多，并一直居住到去世为止，他最著名的画作大多在托莱多完成，和这座城市有着密不可分的关系。

们甚至是从北非和波兰远道而来。日内瓦是个聚合之地，而她自己深知这点。

几百年来，路经日内瓦的旅行者们，把他们的信件、指南、地图、名单、便条都留在了这里，由日内瓦转交给其他后来的旅行者。她带着好奇与骄傲的混杂心情将它们一一遍览。那些过于不幸而无法出生在我们城镇的人，她总结道，显然只能活在他们的每一分热情当中，而热情是一种令人盲目的不幸。她的邮政总局设计得有如大教堂一般宏伟。

20世纪初，日内瓦是欧洲革命家和阴谋家的定期聚会点——就像今天，她是世界经济新秩序的汇聚之所一样。她还是国际红十字会、联合国、国际劳工局、世界卫生组织和基督教普世教会协会的永久会址。这里有百分之四十的人口是外国人。有两万五千人在没有身份证件的情况下在此生活、工作。单是联合国的日内瓦分部，便雇用了二十四名全职人员，仅仅是负责把档案、信件从一个部门拿到另一个部门。

对那些革命阴谋家，那些忧虑不安的国际谈判代表，以及今日的金融黑手党人，日内瓦已经提供了并且将继续提供给他们安宁平静，她那尝起来像化石海贝的白酒，她的湖上之旅、雪景、漂亮的梨子、映在水面的落日、一年中至少一见的枝头白霜、全世界最安全的电梯、来自她湖中的北极鲜鱼、牛奶巧克力，以及一种源源不断、低调朴素而又优雅完满以至于变成一种情色挑逗的舒适。

1914年那个夏天，博尔赫斯十五岁，全家人在离开阿根廷客居日内瓦期间，发现他们自己被刚刚爆发的战争困在了这座城市里。博尔赫斯进了加尔文学院[1]。他妹妹就读于艺术学校。他们在费迪南德·霍德勒街（Rue Ferdinand-Hodler）[2]有间公寓，很可能，博尔赫斯就是在行走于加尔文学院与霍德勒街之间的路上时，写出他的第一批诗作。

日内瓦人经常对他们的城市感到厌倦，满怀深情的厌倦——他们并不梦想挣脱她的束缚，离开她去寻找更好的居所，相反的，他们以纵横不绝的四处行旅来寻找刺激。他们是冒险犯难、坚韧不拔的旅行者。这座城市充满了旅行者的传奇，在晚餐桌上乐道传诵——她以惯常的一丝不苟安排装饰着这些餐桌，如同以往一般不带丁点错误，每

1　加尔文学院（Collège Calvin）：原名日内瓦学院，是日内瓦最古老的中等学校，1559年由宗教改革家加尔文创立。加尔文是出生于法国的新教神学家，也是16世纪宗教改革的重要领导人之一，1541—1564年间在日内瓦建立了一个清教主义的神权政府。

2　费迪南德·霍德勒（Ferdinand Hodler，1853—1918）：瑞士画家，生于伯尔尼。他十九岁起即在日内瓦美术学校深造，并最终逝于日内瓦，可谓与这座城市有着不解之缘。

道菜肴总是准时备好，伴着一抹态度含糊的笑容端呈上来。

虽然她直接继承了加尔文的血脉，但无论听到什么、看到什么，都无法令她震惊。也没有任何东西能引诱她、打动她，或者该说，没有任何东西可以明显地引诱她、打动她。她把她隐秘的热情（她当然有）严严实实地隐藏着，只有少数人可以窥见领会。

在日内瓦南边，贴近隆河（Rhône）流出湖泊之处，有几条窄窄的、短短的笔直街道，建有一栋栋四层楼房，这些房子建于 19 世纪，最初作为住宅公寓。其中有些在日后变成办公室，有些至今仍作为公寓使用。

这些街道像巨大的图书馆里贯穿于书架之间的一条条廊道。从街上看去，每一列紧闭的窗都是另一排书架的玻璃门。而一扇扇紧掩的漆头前门，则是图书馆的目录卡片柜抽屉。在它们的墙壁背后，一切都等待着人们阅读。我把这些街道称为她的档案街。

它们与这城市的官方档案无关，那些委员会报告、备忘录、正式决议、数百万会议记录、无名研究员的种种发现、极端的公开诉求、页边还带着爱语涂鸦的演讲初稿、准确到必须埋掉的预言、对口译员的抱怨以及绵延不绝的年度预算——所有这些全都储藏在别处的国际组织办公室中。在档案街的书架上等待人们阅读的，尽是些个人私密、没有前例且无关紧要的东西。

档案室不同于图书馆。图书馆是由装订成册的书籍构成的，这些书籍的每一页，都经过反复的阅读与校订。至于档案，则往往是最初被丢弃或放在一边的纸页。日内瓦的热情，就是去挖掘、编目和检视这些被放在一边的东西。难怪她会近视。难怪她会把自己武装起来以对抗怜悯，即便在睡梦之中。

比方说，该怎样给一张从台历上撕下的、日期包括1935年9月22日星期天到10月5日星期六这两个礼拜的纸片编目呢？在两个星期的两栏之间、留给人们注记的小小空间里，写着十一个字。字迹歪斜、潦草、未经思索。也许是个女人写的。那些字翻译过来是：整夜，整夜，明信片上是什么。

日内瓦的热情带给她什么？这热情缓解她永不满足的好奇。好奇与探人隐私或散布流言——或只有一点点。她既非门房也非法官。日内瓦是个观察员，单纯地着迷于人类的各种困境与慰藉。

无论面对何种情境，无论它多么骇人听闻，她都能低声说出“我知道了”，然后温柔地加上一句：在这儿坐一下，我去看看能给你拿点什么过来。

猜想不出她会从哪个地方拿来她将拿来的东西，书架、药箱、地窖、衣橱，还是她床头柜的抽屉。而奇怪的是，正是她将拿来的东西取自何处这个问题，让她显得性感无比。

博尔赫斯十七岁那年，他在日内瓦的一次经验，深深影响了他。他一直到很后来，才和一两位朋友谈起这件事。那年，他父亲决定，这是他儿子失去童贞的最好时机。于是，他帮他安排了一名妓女。一间位于二楼的卧室。一个晚春的午后。就在他家附近。也许是布德弗广场（Place du Bourg-de-Four），也许是杜福尔将军路（Rue de Génénal-Dufour）[1]。博尔赫斯可能把这两个名字搞混了。但我会选择杜福尔将军路，因为那是一条档案街。

十七岁的博尔赫斯，与那名妓女面对面，害臊、羞愧，以及怀疑父亲也是这女人恩客的念头，令他瘫痪。在他的一生中，他的身体总令他悲伤苦恼。他只在诗作中褪去衣衫，而诗作，同时也是他的衣衫。

在杜福尔将军路的那个午后，当女人注意到这名年轻男子的悲伤苦恼时，她随手拿了件罩衫往雪白的双肩上

---

1 杜福尔将军（Guillaume-Henri Dufour，1787—1875）：瑞士军官。早年学医，后弃医从戎。国际红十字会首任主席。

一披，略略屈身，向房门走去。

在那儿坐一下，她温柔地说道。我去看看能给你拿点什么过来。

她给他拿来的，正是她在其中一间档案馆里发现的某样东西。

许多年后，博尔赫斯当上地处布宜诺斯艾利斯的国家图书馆馆长，他的想象力变成不知疲劳的收集者，孜孜不倦地收集着被搁在一旁的物件、被撕碎的内情笔记，以及误植错置的残篇断简。他最伟大的诗作，正是这类收集的品项目录：某个男子对一名三十年前离开他的女子的记忆，一只钥匙环，一副纸牌，一朵压在书页之间的枯萎紫罗兰，一张吸墨纸上的反写信件，被其他书册掩藏遮挡的倒倾书籍，一个男孩万花筒中的对称玫瑰，当灯光在狭窄廊道中熄灭时的特纳色彩[1]，指甲，地图集，尾端逐渐灰白的八字胡，阿耳戈斯之桨[2]……

---

1 特纳色彩（the colours of a Turner）：某种类似于雾气弥漫的夕阳和火光的色彩。参见30页注3。

2 阿耳戈斯（Argus）之桨：在希腊神话中，阿耳戈斯是聪明绝顶的雅典建筑师，他在雅典娜的指导下，利用在海水中不会腐烂的木头打造了一艘总计有五十支桨的大船阿耳戈斯号，希腊众英雄便是搭乘这艘船前去寻找金羊毛。

“在那儿坐一下，我去看看能给你拿点什么过来。”

去年夏天，当布什和他的军队加上石油公司和它们的顾问团正在摧毁伊拉克的同时，我和女儿卡佳（Katya）在日内瓦碰了面。我告诉卡佳我在里斯本遇见了我母亲。母亲在世时，和卡佳之间有一种莫逆知心的情感，她们共同分享着某种非常深沉的东西，某种无须讨论便可心领神会的默契。她们两人都认为，想要在别人指定的地方寻找生命的意义，只是一种徒劳。唯有在秘密当中，才能挖掘到意义。

听完发生在里斯本的故事后，卡佳提议道：奶奶拜托你的事，可以从博尔赫斯开始！为什么不呢？你引用他，我们讨论他，我们还常说要去拜访他的墓园，你都还没去过呢，我们一起去吧！

她在日内瓦大剧院（Grand Théâtre）工作，我骑摩托车到那里接她。我刚把引擎熄灭，双脚放下，立刻就被热气弄得窒息。我脱下手套。街上几乎没有车辆行人。在这盛夏时节，市中心的每个人都走了。少数几名行人，差不多都上了年纪，全踩着梦游者的缓慢步调。他们宁可待在外头，也不愿留在公寓里，因为独自面对这样的懊热，会让人更加窒息。他们漫步，他们静坐，他们给自己扇风，他们舔着冰淇淋或啃着杏子（这年夏天的杏，是近十年来最好的）。

我摘下头盔，把手套塞进去。

基于某种特殊原因，即便是在盛夏最酷热的时节，摩托车骑手依然会戴上轻质皮手套。名义上，手套是为了滑倒时可以提供保护，并把双手和握把上的湿黏橡胶隔离开来。然而更要紧的原因是，手套能让双手免受酷寒气流的吹刮，虽然暑热让这股气流变得宜人多了，但还是会让触觉迟钝。摩托车骑手戴上夏季手套，是为了享受精准的乐趣。

我走到舞台后门，说要找卡佳。接待人员正在喝罐装冰红茶（桃子口味）。剧院关闭了一个月，此时只留下最基本的工作人员。

在那儿坐一下，接待人员温柔地说着，我去看看能不能找到她。

卡佳的工作是撰写节目介绍，向各级学生解释歌剧和芭蕾——包括加尔文学院的学生。她从办公室跑下楼时，身上穿着炭黑色和白色的印花夏装。如果博尔赫斯站在这里，将只能看到一片模糊晃动的灰影。

我没让你等太久吧？

根本没有。

你想去参观舞台吗？我们可以爬到最顶层，很高喔，然后俯瞰整个空荡荡的剧院。

有件事是关于空荡荡的剧院的……

没错，它们是满的！

我们从一道像是户外逃生梯的金属阶梯开始爬。在我们上面，有两三名舞台工作人员正在控制灯光机器。她向他们挥手。

他们请我上去，她说，我跟他们说，我会带你一起去。

他们也跟她挥手，笑着。

稍后，等我们爬到他们那层时，其中一人对卡佳说：嗯，看来你已经有个爬高的好头脑啰。

而我在心里想着，这辈子我到底参与过几次这样的仪式，这种男人向女人展示工作中某种特殊小危险的仪式（如果危险性过高，他们就不展示了）。他们想让她印象深刻，他们想得到崇拜。这是个很好的借口，可以扶着女人，告诉她应该踩哪里，或该怎么弯身。这还有另一种乐趣。这套仪式扩大了男人和女人之间的差异，而希望的翅膀，就在这扩大的差异中拍动。在接下来的一两个小时里，这套程序会让人有种变轻变亮的感觉。

现在我们多高？

将近一百米，宝贝儿。

我们听见非常轻微的颤音从某间彩排室传来，是一名女高音正在吊嗓。电池照明灯昏暗微弱，在远离光源之处，所有东西都笼罩在漆黑一片之中，除了一扇打开的门，比地窖口大不了多少，在很远很远的下方，舞台后面。阳光透过它流泻进来。它之所以开着，无疑是为了放进些许空气。舞台工作人员穿着短裤和背心，我们汗流浃背。

女高音开始唱咏叹调。

贝里尼[1]的《清教徒》(*I Puritani*),最年轻的舞台工作人员宣布。上一季演了八十场!

O rendetemi la speme

O lasciatemi morir ...

再给我一次希望

或让我死……

---

1 贝里尼(Vincenzo Bellini，1801—1835)：意大利歌剧作曲家，生于西西里加拉尼亚一个音乐世家。曾在那不勒斯学习作曲。短暂的一生中创作有十一部歌剧，《清教徒》即其中之一。他的歌剧极富浪漫主义特色，尤以旋律的清丽婉畅著称，肖邦、威尔第在旋律写作上都颇受其影响。

舞台就像干船坞，卡佳和我沿着其中一条桥梁走过。悬挂在桥梁上，平行排开，笔直垂降到台板的，是油漆好的本季全部剧目的舞台装置。

一盏聚光灯的光束穿过台板；女高音的歌声，因为某种原因，停在曲中，就在这时，我们看见一只鸟，穿过打开的门，低低地飞了进来。

它在黑暗的空间里回旋了好几分钟。然后栖息在一条钢缆上，充满迷惑。我们发现它是一只椋鸟。它飞向一盏盏灯光，相信它们是通向阳光的出口。它已忘记或再也找不回刚刚飞进来的入口。

它飞翔在垂挂的背景间：海洋、山脉、西班牙客栈、德国森林、皇宫、农民婚礼。它一边飞，一边叫着“提却！提却！”它的叫声越来越尖，因为它越来越确定自己已陷入网罗。

陷入网罗的鸟需要所有东西变黑，除了它的逃亡路径。但这情形并未发生，于是那只椋鸟不断冲撞着墙壁、帘幕和画布。提却！提却！提却！

歌剧院有一则古老的迷信，如果有鸟死在舞台上，房子就会着火。

那位彩排中的女高音，穿着长裤T恤，爬上舞台。也许有人告诉了她那只鸟的事情。

提却！提却！卡佳模仿着它的叫声。女歌手向上看，接近它。她也模仿起八哥的叫声。鸟儿回应着。女歌手修正她的音调，两者的叫声变得几乎无法分辨。鸟儿朝她飞来。

卡佳和我连忙冲下金属阶梯。当我们打舞台工作人员旁边经过时，一个年轻人跟卡佳说：以前都不知道原来你是个歌剧女伶啊！

在街道外边的剧院转角处，有扇小门开着，女高音双手交握胸前，不断唱着：提却！提却！那些吃着冰淇淋和杏子的老人家聚集在她身边，没半点惊讶。在这样的酷暑中，在一座被遗弃的城市里，任何事情都可能发生。

我们先去喝杯咖啡吧，卡佳说，然后去墓园。

她找了一个充满阳光的位置。我坐在阴影下。我们听见远处的鼓掌声。也许那只鸟已经飞走了。“如果我们把这个故事告诉别人，”她说，“谁会相信我们呢？”

墓园有辽阔的草坪和高大的树木。一只画眉挑剔地停在某块新刈的草地上。我们向一个园丁问路，他是个波斯尼亚人。

终于，我们在很远的一个角落里，找到了他的墓。一块简单的墓碑，一方砾石铺地，砾石地上摆了一只条编篮子，里面是泥土和一株浓密、小叶、极深墨绿色的浆果灌木。我一定得找出它的名字，因为博尔赫斯喜爱严谨；严谨让他在写作时有机会精准地着陆在他所选定的位置。他一生不断饱受中伤和痛苦地在政治中迷失，但这从未出现在他写下的书页上。

Debo justificar lo que me hiere.

No importa mi ventura o mi desventura.

Soy el poeta.

我应该为损害我的一切辩解。

我的幸或不幸无关紧要。

我是诗人。[1]

那株浓密墨绿的灌木，根据波斯尼亚园丁的说法，叫做 Buxus sempervivensy（一种黄杨木）。我本可以认出它。

1 出自博尔赫斯《天数》（*La cifra*, 1981）中的《帮凶》。参见《博尔赫斯全集》III，479 页。

在上萨瓦省[1]的村落里，人们会拿这种植物的小枝浸蘸圣水，为列置床榻的挚爱亲友的躯体最后一次轻洒祈福。因为匮乏的缘故，它成了一种圣树。在这一地区，每逢圣枝主日[2]总没有足够的柳树可供使用，于是萨瓦人就开始以这种长青的黄杨木取而代之。

墓碑上写着：他死于1986年6月14日。

我们两人静静站在那儿。卡佳的手提袋背在肩上，我抓着黑色头盔，里面塞着我的手套。我们屈身蹲在墓碑前。

墓碑上有一幅浅浮雕，刻着一群人站在一个看似中世纪船只的东西里。抑或其实他们是在陆地上，因为他们的战士纪律才如此紧贴而坚定地站立在一起？他们看起来很古老。墓碑背面是另一群战士，握着矛或桨，自信昂然，随时准备着驰骋疆场、穿渡恶水。

在博尔赫斯回到日内瓦等待辞世时，陪伴他身边的是玛丽亚·儿玉（María Kodama）。在1960年代早期，她是

---

1 上萨瓦省（Haut-Savoie）：法国隆河—阿尔卑斯地区的一省，邻近瑞士。伯格自1970年代中期开始，便居住在这里的一个小农村中。

2 圣枝主日（Palm Sunday）：又称“棕枝主日”、“棕枝全日”，基督教的节日，圣周的第一天，亦即复活节前的那个星期日，为纪念耶稣进入耶路撒冷城。据说，当时耶路撒冷的群众手执棕枝踊跃欢迎耶稣，为表纪念，在每年节庆当天，教堂会以棕枝装饰，信徒也会手执棕枝绕教堂一周。不产棕榈树的地区，也常改用柳树或紫杉。

他的学生之一，研究盎格鲁-撒克森文学和北欧文学。她的年纪只有他的一半。他们结婚时，也就是他死前八周，他们搬离了情人塔路（Rue de la Tour-Maîtresse）这条档案街上的一家旅馆，住进她找到的一间公寓。

这本书，他在一篇献词中写道，是你的，玛莉亚·儿玉。我一定要告诉你们，这个题词包含了薄暮之光，奈良之鹿，孤独之夜和稠密之晨，分享之岛，海洋，沙漠，花园，忘却湮没和记忆扭曲的种种，伊斯兰宣礼人的高亢呼声，霍克伍德[1]之死，一些书和版画，一定要吗？……我们只能给予已经给予的东西。我们所能给予的，都是已经属于别人的东西！[2]

一个年轻人用婴儿车推着孩子走过，那时，卡佳和我正在研究刻于碑铭上的是哪种文字。小男婴指着一只昂首向前的鸽子，发出喜悦洋溢的笑声，没错，肯定是他让小鸟飞走的。

---

1 霍克伍德（John Hawkwood, 1320—1394）：英国籍雇佣兵将领，在14世纪城邦之间交战频繁的意大利，以佣兵身份纵横沙场三十余年，对意大利的政治影响甚深。画家乌切罗（Paolo Uccello，1397—1475）曾受佛罗伦萨城的委托，画过一幅霍克伍德的骑马壁画，至今仍保存于佛罗伦萨主教堂中。

2 出自博尔赫斯《密谋》。

我们发现，刻在墓碑前面的四个字是盎格鲁-撒克森文。And Ne Forhtedan Na。切勿恐惧。

一对男女朝墓园小径远处的一张空长椅走去。他们犹豫了一下，然后决定坐下。女人坐在她男人的膝盖上，面向他。

墓碑背面的文字是北欧文。Hann tekr sverthit Gram ok leggr i methal theira bert. 他拿过格兰神剑[1]，把出鞘的剑搁在他们之间。这句子出自一则北欧萨迦[2]，多年来，儿玉和博尔赫斯一直钟爱这个故事，用它逗趣。

在碑文的最底端，接近草皮之处，写着：乌尔里卡致哈维尔·奥塔罗拉[3]。乌尔里卡是博尔赫斯临时取给儿玉的名字，哈维尔则是她临时取给他的。

真是不应该，我在心里想着，我们居然没带花来。接着，我起了个念头：没有花，那就留下我的一只皮手套吧。

---

1 格兰神剑（Gram）：北欧神话英雄西古尔德（Sigurd）用来屠龙的神剑。西古尔德是《诗体埃达》（*Poetic Edda*）和《伏尔松萨迦》（*Volsunga Saga*）中的核心人物，也就是德国史诗《尼伯龙根之歌》中的齐格弗里德（Siegfried）。在博尔赫斯《沙之书·乌尔里卡》一文中，哈维尔（Javier Otárola）和乌尔里卡（Ulrike）就曾以该史诗的男女主角西古尔德布伦希尔德互称，文中有“布伦希尔德，你走路的样子像是在床上放一把剑挡开西古尔德”。

2 萨迦（Saga）：古代北欧的家族传说和英雄传说。

3 乌尔里卡和哈维尔·奥塔罗拉这两个名字出自博尔赫斯《沙之书》中的《乌尔里卡》一文，参见《博尔赫斯全集》III，12—17 页。

驾着除草机的园丁越来越近了。我听见二冲程引擎的声音，闻到刚刚刈下的青草的味道。我实在不知道还有什么气味能像刚刈下的青草那样让人联想起“开始”：清晨，童年，春天。

The memory of a morning.

Lines of Virgil and Frost.

The Voice of Macedonio Fernándéz.

The love or the conversation of a few people.

Certainly they are talismans, but useless against

the dark I cannot name.

the dark I must not name.

清晨的回忆。

维吉尔和弗罗斯特的诗。

马塞多尼奥 · 费尔南德斯的声音。

几个人的爱或交谈。

当然，它们是护身符，但无力对抗

我无法名状的黑暗。

我不可名状的黑暗。[1]

我开始揣度思量。手套只会让人觉得像是某个人不小心掉在这里的！一只掉落的皱巴巴的黑色手套！它没有任何意义。算了吧。还是改天再带束花过来。什么花呢？

O endless rose, intimate, without limit,

Which the Lord will finally show to my dead eyes.

噢无尽的玫瑰，亲密的，无所限制的，

上帝终将展示给我那死去的双眼。[2]

卡佳带着探询的眼光看着我。我点点头。是该走了。我们缓缓朝大门走去，谁也没说话。

你们找到了吗？波斯尼亚园丁问。

---

1 此诗出自博尔赫斯《深沉的玫瑰 · 护身符》，或参见《博尔赫斯全集》III，142—143 页。译文据英文而略有改动。

2 出自博尔赫斯《深沉的玫瑰 · 永久的玫瑰》。《博尔赫斯全集 · 诗歌卷（下）》（王永年等译，浙江文艺出版社，1999）中的译文为："你是上帝展现在我失明的眼前的……/ 深沉的玫瑰，隐秘而没有穷期。"（《博尔赫斯全集 · 诗歌卷（下）》，128 页。）

多亏了你，卡佳回答。

家人？

是的，家人，她回答。

剧院外面一片平静，八哥飞进去的那扇门已经关上。我把摩托车停在卡佳的女式小摩托旁边。她去拿她的头盔。我也准备戴上我的头盔，就抽出里面的手套。只有一只。我又看了一次。只有一只。

怎么了？

有只手套不见了。

一定是不小心掉了，我们回去找，只要一小会儿。

我把刚刚站在墓碑前的念头告诉了她。

你低估他了，她一脸阴谋地说，大大低估他了。

我们大笑，我把剩下那只手套塞进口袋，她爬上后座。

灯光大多是绿的，我们很快越过了隆河，把城市撇在身后，顺着减速弯道迂回骑向隘口。温热的空气疾拂过我赤裸的双手，卡佳随着车的转弯而倾身。我想起她最近是怎样在一条短信里向我提到了爱利亚的芝诺[1]：运动的东西既不在它所在的空间之中，也不在它不在的空间之中；对我而言，这就是音乐的定义。

我们创造了某种音乐，直到我们抵达镰刀隘口（Col de la Faucille）。

我们在那儿停下车，朝向阿尔卑斯山俯瞰湖水，还有日内瓦城和其中的芸芸众生。

1 爱利亚的芝诺（Zeno of Elea, 490—430BC）：希腊哲学家和数学家，以其有关运动的四个悖论（二分说，阿基里斯追龟说、飞矢不动说、运动场说）最为著名。芝诺反对当时人认为"空间是点的总合以及时间是由瞬间构成"的概念，他的运动悖论是企图证明：在空间作为点的总合的概念下，运动是不可能的。博尔赫斯在《博尔赫斯口述·时间》一文中，也曾就芝诺的运动悖论提出说明与讨论，参见《博尔赫斯全集》IV，268—278 页。

3

克拉科夫

Kraków

这不是宾馆。而是某种小民宿，顶多只能住上四五个客人。早晨，盛放在托盘里的早餐搁在走廊的架子上：面包、黄油、蜂蜜，还有这个城市的特产，香肠切片。托盘旁边，是雀巢咖啡包和电热水壶。操持此地的年轻女子，严肃而稳重，难得和你打次交道。

房间里所有家具不是橡木就是胡桃木做的，古色古香，一定造于二次大战之前。全波兰唯有这座城市，在经历战火劫难之后，仍然较好地保留下它的大多数建筑。这栋小民宿里有一种类似修女院或修道院的感觉，它的每一个房间内部，那两扇开向市街的窗，都仿佛有好几代人从那里沉思冥想地向外凝望。

这栋建筑物位于卡齐米日区（Kazimîerz）——克拉科夫的旧犹太人住地——的米欧多瓦街（Miodowa Street）。吃完早餐后，我问接待前台里的一个年轻女子，最近的提款机在哪里。她一脸懊恼地放下手中的小提琴盒，拿出一张旅游地图。她用铅笔在地图上圈出我该去的地方。不会很远，她叹着气，一副很想把我送到世界另一头的模样。我小心地鞠了个躬，打开前门，关上，右转，第一路口又右转，然后发现自己置身于诺维广场（Place Nowy）[1]，一座露天市集广场。

我从未来过这个广场，但我对它了然于心，或者该说，我对在这里贩卖东西的那些人了然于心。其中有些人有固定的摊子，摊子有遮棚，可为货品阻隔阳光。天气已经热了，是东欧平原和森林那种模糊蒸腾、带有蚊蚋暑气的热。叶片簇簇的热。充满暗示的热，缺乏地中海暑气中的笃定明确。在这儿，没有任何确定无疑的事物。最接近确定无疑的，就只有老祖母。

其他小贩——全是女性——来自偏远小村，用篮子或桶带来自家产物。她们没有摊子，坐在自备的小板凳上。有几个站着。我在她们之间游逛。

莴苣，樱桃萝卜，山葵，宛如绿色蕾丝的切段莳萝，在这种高温下三天就可成熟的疙瘩小黄瓜，皮上黏着些许土屑、颜色有如孙儿膝盖的新种马铃薯，带着牙刷般气味的棒状芹菜，茴香块茎——喝伏特加的男人发誓那是催发男女情欲的最佳春药，一把把换来咸湿笑话的嫩胡萝卜，

1 “Nowy”意为“新”。

多为黄色的玫瑰切花，农家奶酪——还带着夹在庭院晒衣绳上的破布的味道，野生绿芦笋——是孩子们给派到邻近小村墓园的地方寻来的。

专业商贩自然而然学会了所有的推销花招，说服民众这些千载难逢的良机不会有第二次。相反，那些坐在板凳上的妇女，则不提任何建议。她们纹丝不动、面无表情，只靠她们的到场来保证她们从自家园子里带过来卖的产品的质量。

木篱围着一小块土地上，一栋两间房的原木小屋，两房之间有一个单独的花砖壁炉。这些妇人，就是住在这样的农舍小屋（chata）里。

我在她们之间游逛。不同的年纪。不同的体型。不同颜色的眼睛。没有一条头巾花色重复。她们每个人都找到了自己的办法来保护或爱惜她们的腰背，让她们在俯下身来剁切细香葱、拔除犬牙杂草或采摘樱桃萝卜时，不致让重复不断的间歇性疼痛变成慢性疾患。她们年轻的时候，臀部会化解物品的冲撞敲击，而今，轮到肩膀接下这项工作。

我凝视着一个妇人的篮子，她站着，没有小板凳。篮子里装满淡金色的糕点和小馅饼。它们看起来像是雕好的国际象棋棋子，说得更准确点，是车或说城堡[1]，棋盘两端皆可放置的城堡，它们的正规炮口总是位于顶端。每一个都有十厘米高。

我拿起一个“城堡”，就发现我错了。这么重，绝非糕点。

我瞥了一眼那个妇人的脸。六十岁，蓝绿色的眼睛。她严厉地回看我，仿佛在看一个傻瓜，他又一次忘了事。Oscypek，她用缓慢的速度重复着这种奶酪的正确名称，这是用高山绵羊的奶，在介于两房之间的花砖壁炉的烟囱里熏制出来的。我买了三个。然后，她用微小到不能再微小的头部动作，示意我可以走了。

广场中央立着一栋低矮的建筑物，沿四周分隔成许多小店铺。有家理发店，空间只够摆下一张椅子。还有好几间肉铺。一家杂货店，可以从唯一一只桶里买到酸泡菜。一家烧着铸铁炉子的小汤馆，馆子外的铺石地面上，摆了三张有长椅的木桌。其中一张桌子上坐了一个男人，略显低垂的双肩，修长的双手，因即将光秃而更显高耸的前额。他的眼镜有着厚厚的镜片。在这个上午这个地方，他宛如

---

1 在国际象棋棋子名中，“车”本为“城堡”（Castle）。

置身故乡，虽然他并非波兰人。

肯生于新西兰，死于新西兰。我在他对面的长椅上坐下。这个男人，六十年前，与我分享他所知道的许多事情，但他从没告诉我他是如何了解到那些事的。他从未谈起过他的童年或双亲。印象中，他很年轻的时候就离开新西兰来到欧洲，不到二十岁。他的父母是穷是富？问他这个问题似乎没有任何意义，就像拿这问题去叨扰此时此刻市集里的人那样无谓。

距离从未令他气馁。新西兰威灵顿、巴黎、纽约、伦敦湾水路（Bayswater Road）、挪威、西班牙，我想，某些时刻还有缅甸或印度。他以各种五花八门的方式赚钱为生，新闻记者、学校教师、舞蹈教练、电影临时演员、小白脸儿、流动书商、板球裁判。我所说的这一长串清单，或许有些是假的，但那是我为我自己，给此刻坐在诺维广场、坐在我面前的他，画出的肖像。在巴黎，他曾为一家报纸画过漫画，这点我很确定。他喜欢什么样的牙刷，我还记得一清二楚：加长柄的那种。我也记得他的鞋子号码：11 号。

他把罗宋汤推到我面前。然后从右边裤袋掏出一条手帕，把汤匙擦了之后递给我。我认得那条黑色格纹手帕。那是一碗深红色的蔬菜罗宋汤，波兰风味，加了一点苹果醋，中和掉甜菜根的自然甘味。我喝了一点，将汤碗推还给他，把汤匙递回他手上。我们没有交换只言片语。

我从背包里拿出一本素描簿，因为我昨天在恰尔托雷斯基博物馆[1]临摹了达·芬奇的《抱银鼠的女子》，我想给他看。他仔细研究着，厚重的眼镜略略滑下鼻翼。

Pas mal（不错）！不过她有点太挺了，对吧？事实上，她要再倾斜一点，像倚在角落里那样，对吧？

听到他用这种方式说话，这种不用怀疑就是他的方式，我对他的爱就回来了：我爱他的旅程；我爱他那随时想要满足且从不压抑的好胃口；我爱他那一脸倦意；我爱他那可悲的好奇心。

有点太挺了，他又说了一次。别在意，每个摹本都会有所改变，不是吗？

我也爱他缺乏幻想。没有幻想，他也就不会经历幻灭。

第一次遇见他的时候，我十一岁，他四十岁。在接下来的六到七年里，他是我生命中最具影响力的人。和他在一起，我学会了跨越边界。法文有一个词叫 passeur，通

---

1 恰尔托雷斯基博物馆（Czartoryski Museum）：克拉科夫最富盛名的博物馆，创建于1796年，以收藏达·芬奇的《抱银鼠的女子》（*Lady With an Ermine*）闻名。电影《盗走达·芬奇》即在该馆拍摄。

常译为摆渡人或走私者。不过这个词也隐含有向导的意思，山的向导。他就是我的 passeur。

肯快速翻阅我的素描簿，浏览前面的画。他的手指非常灵巧，藏牌技术一流。他曾试着教我玩“三牌猜皇后”[1]：学会这招，你随时都可以赚到钱！这会儿，他的手指在两张纸页之间停了下来。

另一张临摹？安东内洛·德·梅西纳[2]的？

《天使扶持死亡的基督》，我说。

我没看过原作，只见过复制品。如果我可以自由选择一位历史上的画家来为我画肖像，我就会选他，他说。安东内洛。他画画像是在印刷文字。他画的每一样东西，都有印刷文字那种连贯性和权威性，而他活着的那个时代，

---

1 “三牌猜皇后”（Find the Lady）：一种赌博扑克牌玩法，又名“Three-Card Monte”、“Three-Card Trick”等。规则是：操牌者将三张牌平铺倒扣，出示给猜牌者目标牌后倒扣回去，平铺着变换牌序，结束后，猜牌者猜目标牌，猜中为赢，不中为输。目标牌通常为红桃 Q 或黑桃 Q（Queen，皇后），陪牌则为黑桃 J 和梅花 J，故有“找女士”之名。这种玩法通常是骗局，操牌者与托儿配合，引人猜牌，并有多种办法使其输牌。

2 安东内洛·德·梅西纳（Antonello da Messina，1430—1479）：文艺复兴时期画家，出生于意大利西西里岛，曾在佛兰德学画，并将该地的绘画技巧引进意大利。作品结合了意大利的简洁风格与佛兰德的细节描写。《天使扶持死亡的基督》（*Dead Christ Supported by Angel*）即为其画作。

正巧是第一批印刷机发明问世的时代。

他再次低下头来观看素描本。

天使的脸上或手上没有一丝怜悯的痕迹，他说，只有温柔。你已经捕捉到那份温柔，但没抓住那股庄严，第一件印刷文字的庄严。它已经永远消失了。

这是我去年在普拉多美术馆[1]画的。直到警卫跑过来把我撵走。

谁都可以在那里画画，不是吗？

是没错，但不能坐在地板上。

那你怎么不站着画！

当肯在诺维广场说出这句话时，我见他身影巍然耸立，向前俯曲，站在悬崖边画海的素描。那是布莱顿（Brighton）近郊，1939 年的夏天。他总会在口袋里放一支又大又黑的铅笔，叫“黑王子”，它的笔杆不是圆的，而是方的，像木匠用的铅笔。

我太老了，我告诉他，现在已经没办法长时间站着画了。

---

1 普拉多美术馆（the Prado）：位于西班牙马德里，建于 18 世纪，是世界上最伟大的博物馆之一，亦是收藏西班牙绘画作品最全面、最权威的美术馆，收藏有 15—19 世纪西班牙、佛兰德和意大利的艺术珍品。

他啪地放下素描本，瞧都不瞧我一眼。他痛恨自哀自怜。大多数知识分子的软弱，他说。排除它！这是他传授给我的唯一一项道德命令。

他指着一块我刚买的奶酪。

她叫雅古希娅（Jagusia），他说，朝刚刚卖我 Oscypek 的那个妇人点了点头，从波兰高地的山里来的。两个儿子都在德国工作。非法劳工。他们很难拿到工作证，没办法，只好做非法的。Néanmoins（不过），他们正在盖一栋房子，比雅古希娅梦想的房子都还要大，不是一层楼，而是三层，不止两个房间，而是七个！

Néanmoins 这些突然从他的言谈话语中冒出来的法文，并不是矫揉造作的刻意卖弄，而是因为住在巴黎的那几年——在他来到伦敦，来到湾水路之前——是他一生中最快乐的时光。基于同样的原因，他也常常戴上他的黑色贝雷帽。

不过呢，他预言道，雅古希娅一定不会离开她的农舍小屋，还有那些挂在花园晒衣绳上的奶酪布巾。

就是这个男人让我相信，只要我们凑在一起，我们就能在这个世界上的任何城市里找到音乐。

来罐啤酒如何？眼下他在克拉科夫说道，并指着市场的另一头，在那前面有间卖衣服的小店，老板是个胖女人，坐在一张扶手椅上抽烟，四周堆满了衣服。

我站起身走向她。她抽烟的时候，总会说起当初来到诺维广场的往事；每天早上，她都会这样说上一回，每天早上，那个卖干香菇和腌香菇的男人都会面无表情地听她这样说上一回。当她把所有挂出去的衣服裤子都叠好、堆在店里之后，这儿就根本没她容身的空间了。店门内侧有一面长镜子，因为客人有时会把店铺当成试衣间。每天早上，她一打开店门，就会看到镜中的自己，每天早上，她都会被自己的块头吓到。

我在一个摆满干豆、波兰芥末、饼干、蜂蜜面包和肉罐头的摊子上，发现了罐装啤酒。这里还有个公共棋盘，一盘棋正在进行。摊子后的杂货店老板下黑子，一个看起来像是过路客的人下白子。棋盘上已经少了几只小卒（Pawn）、一只马（Knight）和一只相（Bishop）。

杂货店老板隔着一段距离研究棋盘上的局势，然后转身做他的生意，直到另一方走出他那步。另一方则在棋局面前踌躇犹豫，站在那儿前后摇晃，好像他就是自己的一只相，已经被一名巨人的两根手指轻轻提了起来，那个巨人正在仔细思考所有可能的走法，他非常谨慎，在做出最后决定之前不会轻易松手。

我请老板给我两罐啤酒。白子拿起他的皇后（Queen）斜走，喊“将军！”黑子收了我的钱，移动他的国王。皇后撤退。一个女客人要一些蜂蜜面包，里面包了糖渍橘片的那种。黑子切了几片面包，秤了重。白子走了草率的一步，等他发现已经太迟了。他困难地吞咽着，因为喉咙里涌上一阵酸味。黑子拿下一只车。

克拉科夫的犹太聚居区在旧城外面，维斯图拉河[1]的另一边，从这里穿过波斯坦考桥（Most Powstancôw bridge），不用十分钟就能走到。犹太聚居区占地六百米长，四百米宽，四周由高墙耸立的建筑、壁垒和铁丝网团团围住。1941年秋天，即开始封锁的六个月后，这里囚禁了一万八千人。每个月都有数千人死于疾病和营养不良。只有那些有能力在德国的军备和服装工场当奴工的人，才能得到允许离开这里，去从事他们分配到的工作。其他犹太人，一经发现擅离犹太区，一律击毙，就像任何波兰人，若胆敢帮助犹太人进入克拉科夫的雅利安区或藏匿他们，也都格杀勿论。

---

1 维斯图拉河（Vistula，Wisla）：今称维斯瓦河，波兰最大的河，也是波罗的海水系中最大的河流。长1 047公里，流域面积194 500平方公里。流域85%以上位于波兰境内，但对东欧各国皆具有重大意义。由比得哥什运河连接奥得河流域。

Tyskie！我回到桌上时，肯鼓掌喊道。你选了最上等的啤酒！

小时候教得好嘛！

他叫柴德雷克（Zedrek），肯说，那个你看他下棋的男人。他每个礼拜至少会来陪杂货商阿伯拉姆（Abram）下一次棋。柴德雷克其实可以把棋下得很好，要是他别一大清早就开始喝伏特加的话。不过我想，他大概是戒不了了。阿伯拉姆还是小男孩的时候是在躲躲藏藏当中熬过战争迫害的。

我所知道的游戏多半都是肯教的：国际象棋、斯诺克台球、美式台球、飞镖、扑克牌、乒乓球、双陆棋[1]。我们在他的套房里玩国际象棋，在酒吧里玩其他的。桥牌我在认识他之前就会了，我们通常是跟我父母一起打，或是受邀到别人家时才玩，不过这种情形不多。

我在 1937 年遇见他。他是我们学校的代课老师，那所把我紧紧束缚住的疯癫至极的寄宿学校。气急败坏的校长，当着学生代表的面（五十个光着膝盖被吓坏的男孩，每个都努力想在孤立无助的情况下，找到某种人生的意

---

1 双陆棋（Backgammon）：一种靠掷骰子决定行棋的游戏，每方执十五颗棋子，故又称十五子棋。出现于电影《钢铁侠》中。

义），把一张用餐椅朝拉丁文老师飞摔过去，正巧站在他俩中间的肯，单手抓住那张飞在半途的椅子。我就是这样注意到他的。他把椅子放到讲台上，用脚踩住，老板则继续滔滔不绝地骂个不停。

那个学期的最后一天，我邀请肯到我父母位于萨塞克斯郡（Sussex）塞尔西比尔（Selsea Bill）海角附近的拖车屋和我们一起度假。有何不可？他说。他来住了一个礼拜。

父亲很高兴，因为现在我们凑齐了四人，又可以一起打桥牌了。

我们该赌钱吗，先生？肯问。不然叫牌很难记点。

同意，但是赌注别下太高，因为约翰在这儿。

一百点两便士如何？

我去把钱包拿来，我母亲说。

肯开始洗牌，纸牌在他远远分开的两手之间像瀑布一样啪啪流泻。有时则像不断移动的楼梯，像自动扶梯，像由纸牌叠成的梯子。后来，有一次，我正在抱怨睡不着的时候，他告诉我：想象你正在洗一副牌。我就是那样睡着的。

抽牌决定谁发牌。

父亲玩得很开心，不只因为他是个桥牌好手，更因为，打桥牌可以让他回想起与死者之间的愉快时光，否则他们就让他忧愁苦闷。当我们四人在塞尔西比尔打桥牌时，“六方块加倍”领先“失五轮”[1]。父亲和在我们打桥牌，同时也在和维米岭与伊普尔[2]近郊壕沟里的一长串步兵军官打桥牌，他们是他的同胞，四年之后，他是他们当中唯一的幸存者。

母亲很快就认定肯属于对她而言的那个特殊类别：“喜爱巴黎的人”。

看着我们三个在沙滩上玩着铁环，她当时就预见到（我确信）我的 passeur 将把我带到一个很远很远的地方，同时她并不怀疑（我也同样确信），差不多是毫不怀疑，我有能力照顾好自己。于是，她在每个星期一，我们的洗衣日，帮肯洗衣服烫衣服，肯则给她带来一瓶杜本纳酒[3]。

我跟着肯上酒吧，虽然我的年龄还没到，但从来没人拒绝让我进去。不是因为我的身材或长相，而是因为我的

---

1 “六方块加倍”（Six Diamonds Doubled）、“失五轮”（Five Mortars Lost）：桥牌术语。六轮为基数，庄家叫六方块，表示要多赢六轮，即十二轮，若对手认为庄家胜算不大，可要求奖罚分加倍，即“加倍”，最后庄家若只赢够七轮则为“失五轮”。“失五轮”英语字面兼有“损失五门迫击炮”之义。

2 维米岭（Vimy Ridge）和伊普尔（Ypres）：两地都是第一次世界大战重要的壕沟会战地。

3 杜本纳酒（Dubonnet）：以葡萄酒作为酒基，搭配肉桂和多种植物药草制成的餐前酒。

确定无疑。别回头，肯告诉我说，一刻也别犹豫，你只要比他们更相信你自己就可以了。

有一次，一个酒鬼开始咒骂我，要我带着我该死的嘴巴滚出他的视线，我突然控制不住哭了。肯用手臂揽住我，直接把我带到街上。街上没半盏灯光。那是战时的伦敦。我们静静地走了很长一段路。如果你非哭不可，他说，有时候你就是忍不住，如果你非哭不可，那就事后再哭，绝对不要当场哭！记住这点。除非你是和那些爱你的人在一起，只和那些爱你的人在一起——若真是这样，那你已经够幸运了，因为不可能有太多爱你的人——如果你和他们在一起，你才可以当场哭。否则事后再哭。

肯教我的所有游戏，他都玩得很精。除了近视（写到这里，我突然发现，我曾经爱过的人，以及我依然爱着的人，全都是近视），除了近视，他的动作就像个运动员。一种类似的自信体态。

我就不是。我笨手笨脚，慌里慌张，胆小怯懦，几乎没有自信体态。不过我有别的东西。我有决心，一种就我的年纪而言相当惊人的决心。我会孤注一掷！因为这股不顾一切的冲劲，他宽容我的其他缺点。他送给我的爱的礼物，就是与我分享他所知道的事情，几乎是他所知道的每一件事情，完全不在乎我的或他的年纪。

因为，要让这样一种礼物成为可能，赠与者和接受者必须是平等的，于是，尽管我们在各方面都是那么奇怪而矛盾的组合，我们的确变得平等相待。也许当时，我们都不知道这是怎么发生的。现在我们知道了。因为当时的我们已预见到眼前的这一刻：那时我们是平等的，就像此刻在诺维广场上我们是平等的一样。我们预见到，我会变成老人，而他会成为死者，这让我们可以平等相待。

他用修长的双手握住桌上的啤酒罐，拿它和我的罐子碰了一下。

不管任何时候，只要有可能，他都宁愿以姿势动作而非口头话语来表达。也许这是出于他对无声的书写文字的尊重。他肯定曾在图书馆里进行过研读，然而对他而言，一本书最亲近的所在，就是雨衣的口袋。而他，就是从这样的口袋里掏出那些书的！

他不会直接把书递给我。他会告诉我作者是谁，念出书名，然后把书搁在套房壁炉台的一角。有时会有好几本书，一本叠着一本，我可以选择。乔治·奥威尔，《巴黎伦敦落魄记》（*Down and Out in Paris and London*）。马塞尔·普鲁斯特，《在斯万家那边》（*Swann's Way*）。凯瑟琳·曼斯菲尔德(Katherine Mansfield),《游园会》(*The Garden Party*)。劳伦斯·斯特恩(Laurence Sterne),《项狄传》(*The Life and Opinions of Tristam Shandy*)。亨利·米勒(Henry Miller),《北回归线》(*Tropic of Cancer*)。基于不同的原因,我们两人都不相信文学解释。我从不拿我看不懂的地方去问他。他也从不主动向我指出,就我的年龄和经验而言可能很难领略的部分。弗雷德里克·特雷维斯爵士(Sir Frederick Treves),《象人》(*The Elephant Man and Other Reminiscences*)。詹姆斯·乔伊斯,《尤利西斯》(*Ulysses*。在巴黎出版的英文版)。我们之间有种心照不宣的默契,某种程度上我们都从书中学习——至少是试图学习——如何生活。这样的学习从我们看到的第一个字母图片开始,一直持续到我们死亡之日。奥斯卡·王尔德,《深渊书简》(*De Profundis*)。圣十字若望[1]。

我每还回一本书,就觉得和他又亲近了一点,因为我又多知道了一些在他漫长的人生中曾经读过什么。书将我们聚在一起。往往是一本书会引出另一本书。我在读完奥

1 圣十字若望(St. John of the Cross, 1542—1591):西班牙圣衣会神父、诗人,也是西班牙天主教会改革运动的重要人物之一,撰写过许多关于提升灵魂的教义研究和诗作,是西班牙神秘文学的祭酒。

威尔的《巴黎伦敦落魄记》后，想继续读他的《向加泰罗尼亚致敬》(*Homage to Catalonia*)。

肯是第一个和我谈论西班牙内战的人。一道道裂开的伤口，他说，没有任何东西能让这些伤口止血。在这之前，我从没听过谁曾大声念出“止血”这个词。那时，我们正在酒吧里打台球。别忘了给球杆上滑粉，他补充道。

他用西班牙语念了一首加西亚·洛尔迦[1]的诗给我听，洛尔迦在四年前遭到枪杀，当他把那首诗译成英文之后，我相信，在我十四岁的心灵里，除了一些细节之外，我已经知道生命是什么，而人生又得冒怎样的风险！也许是因为我这样告诉了他，又或者，是因为我的某个鲁莽举动激怒了他，我记得他那时这样对我说：仔细检查所有细节！一开始就要检查，别拖到最后！

他说这话时，带有某种懊悔的口气，好像他曾在某个地方，因为某种原因，犯了有关细节的错误，让他深深懊悔。

---

1 加西亚·洛尔迦(García Lorca, 1898—1936)：西班牙诗人及剧作家。出生于安达卢西亚地区一个激进派的地主家庭。其诗作融合了吉卜赛歌谣和弗拉门戈音乐舞蹈的元素，呈现出强烈迷人的独创风格；剧作主题则环绕着热情、血腥和死亡，充满实验风格。有“血腥诗人”之称。1936年西班牙内战爆发前夕，洛尔迦被亲法派民族党人逮捕，被迫替自己挖掘坟墓后，遭到枪决，时年三十八岁。著有《吉卜赛谣曲》、《血姻缘》等书。

不，我错了。他是个从不懊悔的人。他若有错误就要付出代价。在他一生中，他曾为许多他不懊悔的事付出过代价。

两个身穿白色蕾丝连衣裙的女孩，打诺维广场的另一端穿越而过。她们十或十一岁，两个都比同年龄的女孩高，两个都成了荣誉女信徒，在穿越广场的同时，她们两个也都步出了自己的童年。

La Semaine blanche（白色之周）[1]，肯说。上个星期天，全波兰的孩子们都领了他们的第一次圣餐。然后，这个礼拜的每一天，他们会以最好的仪态走进教堂，再领一次圣餐，尤其是女孩们；男孩也一样，但他们没女孩那样惹眼。没有几个孩子，尤其是女孩，想要穿着他们的白色圣餐服再走一次。

广场上那两个女孩并肩走着，这样她们就可以用大镰刀把自己吸引到的目光收割下来。

她们正走向基督圣体教堂（Church of Corpus Christi），那里有尊著名的金箔圣母像，肯说。克拉科夫的所有女孩都想在基督圣体教堂领她们的第一次圣餐，因为她们母亲在这里买到的圣餐服，剪裁比较漂亮，长度也比较适宜。

在伦敦埃奇韦尔路（Edgware Road）的旧大都会歌舞

---

1 白色之周：即“圣周”（Holy Week），四旬斋期的最后一个星期，也就是从圣枝主日一直到复活节的那个礼拜。

厅（Old Met Music Hall）里，我坐在他身边，第一次学习如何判断风格，学习评论的基本原理。罗斯金、卢卡奇、贝伦森、本雅明、沃尔夫林，全都是后来的事。我的基本特质就形成于旧大都会，在那里，我从顶楼楼座俯瞰着楼下的三角形舞台，它被一群嘈杂、猎奇而又刻薄的观众团团围住，这些人毫不留情地批评那些单人脱口秀演员、慢速杂技演员、歌手和腹语表演者。我们看到过特莎·奥谢[1]赢得满堂彩，我们也看到过她被嘘下台，泪水沾湿了头发。

表演必须有风格。必须在一个晚上连续征服观众超过两次。为了做到这点，那些层出不穷、接连不断的插科打诨，必须导向某个更神秘的东西，必须引出那个诡诈又不敬的命题：生命本身就是一场单人脱口秀。

“厚脸皮”马克斯·米勒[2]，穿着银色西装，睁着他那双甲亢的眼睛，在三角形舞台上表演着，像只兴奋过度的海

1　特莎·奥谢（Tessa O'Shea, 1913—1995）：英国最受欢迎的歌舞厅艺人和百老汇演员。出生于威尔士地区，六岁即开始登台表演，曾经是红极一时的舞台艺人，20 世纪 30 年代晚期成为 BBC 广播电台红星，歌声俘获无数英国人的心。20 世纪 50 年代末期传统歌舞厅没落后，她又率先成为唱片明星，并从 20 世纪 60 年代开始参与百老汇音乐剧的演出。

2　马克斯·米勒（Max Miller, 1894—1963）：1930 至 1950 年代英国最顶尖的歌舞厅喜剧演员和歌手。

狮，对他而言，每个笑声都是他渴望吞下的鱼。

我在布莱顿弄了间自己的工作室，礼拜一早上有个女人来我家——她说，马克斯，我要你在我膝盖上画一条蛇。我一脸惨白，我真是那样的。不，嗯，我不强壮，我不强壮。所以，听着——我跳下床，看……不，听了一下……我就开始在她膝盖正上方画蛇，我就是从那里开始画。但是不得不得停下来——她在我脸上扇了一巴掌——我不知道一条蛇会有这么长——一条正常的蛇到底有多长呢？

每个喜剧演员都在扮演受害者，这个受害者必须赢得所有买票观众的心，而那些观众也都是受害者。

哈里·钱平[1]来到台下，像站在悲剧的边缘似的，伸出双手乞求帮助：人生是件非常艰难的事，你永远无法在活着的时候挣脱它！当他在一个美好的夜晚说出这句话时，整栋房子都在他的掌心。

佛拉纳根和艾伦[2]冲上来，好像有什么紧急大事而他

1 哈里·钱平（Harry Champion, 1866—1942）：本名威廉·克伦普（William Crump），英国著名的歌舞厅作曲家和杂耍歌舞巨星，招牌特色是以粗俗的伦敦土腔唱出幽默而又风趣迷人的歌曲。

2 佛拉纳根和艾伦（Flanagan and Allen）：英国二战期间著名的喜剧双人组。

们来迟了。然后，他们以飞快的速度表现出，整个世界和它那些紧急大事完全基于一场深深的误会。那时他们还很年轻。佛拉纳根有一双充满灵性的天真的眼眸；凯斯·艾伦，直挺挺的那个，则是短小利落，准确无误。然而，他们却一起演出了这个世界的衰老！

假使我可以把出租车卖了，我想回到非洲去，做我以前的工作。

什么工作？

挖洞然后卖给农夫！

麦克风会扼杀他们的艺术，肯在顶楼楼座上小声对我说。我问他什么意思。听听他们是如何运用声音的，肯解释道。他们是对遍布整个剧场的人在说话，我们就在这些人当中。假如他们使用麦克风，就不会再是这样，观众也将不再置身其间。歌舞厅艺人的秘密就在于，他们是不设防地演出，就和我们全都不设防一样。带麦克风的演员就像武装起来的一样！那就是另一种情形了。

他是对的。歌舞厅就在接下来的十年里消亡了。

一个女人，提着一篮野生酸模[1]，打我们桌边经过，诺维广场的桌边。

你可以为我们做些酸模汤吗？肯问我。明天我们可以用它来取代罗宋汤。

我想应该没问题。

加蛋吗？

我可从来没试过这种。

嗯，他闭上眼睛，你把汤准备好，端上来，然后在每个碗里放一颗热热的全熟的白煮蛋。记得要在碗旁边摆上汤匙还有刀子。把蛋切成片，和着绿色的汤一起吃。那种融合了蔬菜的尖锐酸楚与鸡蛋的圆润舒适的滋味，会让你想起某件非比寻常而又遥远的东西。

家吗？

当然不是，甚至对波兰人也不是。

那是什么？

是幸存吧，也许。

对我而言，肯似乎永远住在同一间套房里。事实上，

---

1 酸模（Sorrel）：别名山菠菜、野菠菜、田鸡脚，嫩茎叶味酸，可食。广泛分布在北温带，在有些地区已被当成蔬菜栽种。在欧洲特别是俄国，酸模汤十分普及。

他经常搬家，但总是在我离家住校那段期间，等我回来看他时，总是会发现同样的几件家当堆在一张类似的桌子上，桌子搁在一张类似的床脚边，床在一扇插了钥匙的门后面，那扇门通向楼梯，楼梯由一位房东太太看管着，房东太太以同样的方式担心着灯老是没关。

肯的房间有个煤气暖炉和一扇高窗。暖炉上的壁炉台，就是他堆书的地方。临窗的桌子上有部大型的移动式无线电（当年，“收音机”这个词还很少人用），我们用它收听各种消息。1939 年 9 月 2 日：今日凌晨，德国陆军装甲师未经预警入侵波兰。六百万波兰人，其中半数是犹太人，将在接下来的五年里丧生。

房间的壁橱里不只收放衣服，还储藏了食物：燕麦饼干，全熟白煮蛋，菠萝，咖啡。煤气暖炉旁边有个煤气灶可以烧水，他习惯把烧水的长柄锅摆在窗台上。房间闻起来有股香烟、菠萝和打火机燃料的味道。马桶和洗脸盆在楼梯平台上，可能是上面那个，也可能是下面那个。我老忘记是哪个，他就常在我后面大吼：往上不是往下！

他的两只旅行箱打开来搁在地上，里面的东西从来没有完全拆包过。那个时代，没有任何东西是拆包的，即便是人们脑子里的东西。每样东西不是储存着，就是在运送中。梦想搁在行李架上，收进背包和旅行箱里。在一只打开放在地板上的旅行箱里，有一罐产自布列塔尼的蜂蜜，一件深色的渔夫衫，一册法文版的波德莱尔，还有一只乒乓球拍。

让你领先15分好了！他提议道。准备好了吗？开始！15比0。15比1。15比2。15比3。他正在痛击我，就像1940年一样。

到了1941年，他还是以三战两胜打败我，不过他没再让我就是了。

那时，他在某个为英国广播公司（BBC）外事业务服务的部门工作，关于他的单位他只字不提。他下班回到房间，往往已经是凌晨时分。他的被面是锦缎的。

那些早晨，我们经常在格洛斯特路（Gloucester Road）的壁垒森严的咖啡馆吃早餐。当时食物都是限量配给的。不爱吃甜食的人就把他们配给到的糖让给别人。肯和我喝茶，因为茶比咖啡精来得好。我们一边吃早餐，一边看报纸。每份报纸四页——最多六页。1941年9月9日：德军封锁了列宁格勒。1942年2月12日：三艘德国巡洋舰畅行无阻通过多佛海峡。1942年5月25日：德国陆军在哈尔科夫（Kharkov）俘虏苏军25万。纳粹，肯说，正在犯跟拿破仑一样的错误：他们低估了"冬将军"的力量。他是对的。11月底，保卢斯将军（General Paulus）和他的第六军团就在斯大林格勒遭到包围，次年2月向朱可夫将军（General Zhukov）投降。

1943年4月中旬的某个早晨，肯告诉我一则伦敦电台的广播，那是前一天由波兰流亡总理西科尔斯基将军（General Sikorski）发表的，他呼吁波兰境内的波兰人，起来支持即将在华沙犹太区发动的起义。华沙犹太区正遭到有计划的清洗。西科尔斯基说，肯慢慢说道，人类历史上最为重大的罪行正在上演。

只有在那些健忘的时刻，在脑子空空、什么也没想的时候，正在发生的滔天大罪才能确实让人们感受到。在那样的时刻里，滔天大罪被记忆在空气中，在春日的天际下，诉说着至今我仍无法命名的第七感。

1943年7月11日，英军第八军团和美军第七军团攻入西西里，拿下锡拉库萨[1]。

我把你当成初学者，肯从这张克拉科夫的桌子对面探

1 锡拉库萨（Syracuse）：即叙拉古（Syracusae），西西里岛上的一座城市，公元前734年由科林斯殖民者建立。在古希腊时代时即是一座极为重要并充满故事的城市，那时建成的阿波罗神庙和雅典娜神庙（后改造成大教堂）至今仍在。

过身，小声对我说，而我怀疑，假如我仔细品读今天的你，我可能会失望。

关于精通这件事，总是有某种悲伤，难以形容的悲伤，我回答。

我认为你是个初学者。

还是吗？

更甚以往！

而你是老师？

我没教。但你学了。那是不同的。我让你学！我也从你身上学到一些东西！

例如？

快速穿衣。

还有别的吗？

如何大声朗读。

你自己就很会大声朗读，我说。

我终于发现你是怎么做的。你大声朗读的秘密。你会逐字逐句地读，你不会把句子先看完，除非你念到那里，那就是你的秘密。你拒绝考虑将来。

他拿下眼镜，好像他已经看够了，也说够了。他确实很了解我。

在锦缎的被面下，在空袭警报不断划过的夜晚里，偶尔，我会感觉到一团热火在肯直立的那家伙里燃烧着。勃起不请自来，像个痛苦般地等待着，一种必须被平抚的痛苦，在他修长身躯下半部的正中央。一会儿后，在被精液和泪水——从他没戴眼镜的双眼里流出来——濡湿的床上，睡意迅速朝我俩袭来。涟漪荡漾的睡眠，像潮水远退时的沙滩。

走，看鸽子去，肯说，一边用他的黑色格纹手帕擦拭厚厚的镜片。

我们往市集北端走去。阳光炽烈。又一个初夏的上午添进世纪之台上的柱桩中。我们瞧见两只蝴蝶盘旋着向上飞舞，它们带着园圃的菜蔬来到城市的中心。大教堂的钟敲了十一下。

每天每日，都有数以百计的波兰访客爬上大教堂钟塔里的螺旋石梯，眺望维斯图拉河，用手指触摸齐格蒙特钟（Zygmunt Bell）巨大的钟舌。齐格蒙特钟铸于1520年，重十一吨。传说触摸它的钟舌能为爱情带来好运。

我们从一个卖吹风机的男人身边经过。一百五十兹罗提[1]一把，意思是，它们八成是偷来的。他正在展示其中一把，叫住一个路过的小孩：过来，小宝贝儿，我可以让你看起来很酷喔！女孩笑了，同意了，她的头发披散开，随风飘动。Slicznie，她喊着。

我很漂亮，肯笑着为我翻译。

接着，我看见一群男人挤作一团。要不是因为他们伸长的脖子以及空气中的静谧气氛，我会说他们正在听音乐。等我们走近之后，我才发现，他们是聚在一张桌子四周，桌上有一百只关在木栅里的鸽子，每笼五或六只。鸟儿们的毛色大小纷繁不一，但每一只的颜色里，都有一抹闪闪发光的蓝灰色，在这抹闪光中，有着克拉科夫天空的某种东西。桌上的这些鸽子，宛如被带回地面的一份份天空样本。也许，这就是为什么那些男人看起来像在听音乐。

没人知道，肯说，信鸽是怎么找到回家的路的。它们在晴朗的天气中飞行时，可以看到前方三十公里处，但这仍然无法解释它们准确无误的方向感。1870年巴黎封锁期间，百万条给巴黎居民的讯息，是由五十只鸽子送达的。那是微缩摄影技术第一次如此大规模地运用。他们把

1 兹罗提（złoty）：波兰的官方货币。

信件微缩，将数百封信件的内容缩制在一张只有一两克重的微型胶片上。然后，等信鸽带着胶片飞抵时，再把信件放大、复制、分类。胶卷和信鸽！历史真是奇妙，竟能创造出这么奇怪的组合。

有些鸽子已经被抓出笼外，正在接受鸽迷的专业检查。他们用两根手指轻轻捏住鸽子的身体，测量脚的长度，用拇指温柔触压它们平坦的头顶，伸展它们的翅膀，整个过程中他们都把鸽子当成战利品似的紧紧贴在胸前。

你不觉得很难想象吗，肯握着我的手臂说，用代表和平的信鸽去传递那些惨绝人寰的灾难消息？那些讯息可能是宣告战败，也可能是请求援助，但是把鸽子抛入天空好让它飞往家乡的这个姿势，不总是必然包含着某种希望吗？古埃及的水手有个习惯，他们会在远海放出鸽子，告诉他们的家人，他们正在返航的路上。

我看着其中一只鸽子的眼睛，像珠子般有着红色瞳孔的眼睛。它什么也没看，因为它知道，它被抓住，无法动弹。

我很好奇那盘国际象棋进行得怎样了，我说。于是我们信步走向市集的另一头。

棋盘上还剩下十六只棋子。柴德雷克还有国王、相和五只小卒。他正抬头望着天空，像是在寻找灵感。阿伯拉姆看手表。二十三分钟了！他宣布道。

下国际象棋本来就不能急嘛，一位顾客评论着。

他有一步好棋，肯小声说，但我打赌他不会发现。

把相走到C5，对吗？

不是，你这个白痴，把他的国王走到F1才对。

那你告诉他啊。

死人是不能下棋的！

听到肯说出这几个字，我为他的死感到深深的痛苦。这时，他用双手抱住头，朝左右两边转动着，仿佛那是一盏探照灯。他等着我笑，以前他每次要这种小丑把戏时，我都会笑。他没看出我的痛苦。我确实笑了。

战争结束后，我离开军队，回到家里，但他已经消失不见了。我写信给他，寄到我所知道的最后一个地址，没有回音。来年，他寄了一张明信片给我父母，明信片是从某个不太可能的地方寄过来的，像是冰岛或泽西[1]，他在上

1 泽西（Jersey）：即泽西岛（Jersey Island），地处不列颠群岛与欧洲大陆的环抱之中，位于诺曼底半岛外海20公里处的海面上，面积116.2平方公里，人口7.6万，是英吉利海峡靠近法国海岸线的海峡群岛里，面积最大、人口最多的一座。泽西岛与周边两座无人岛群共同组成泽西行政区，是英国的海外领土而非英国本土的一部分。岛上使用英镑，但同时有自己的货币，是拥有一千亿英镑的国际财经中心。

面询问我们是否可以共度圣诞，而我们共度了那个圣诞节。他带了一位女性战地摄影师一同前来，我想她是个捷克人。我们一起做圣诞游戏，我们开心谈笑，他还取笑我母亲说她所有的食物都是从黑市买来的。

我俩之间，还是有着同一个合谋。我们都不左顾右盼，也不退却丝毫。我们感受到同样的爱：只是情势已经变了。Passeur 已经发出命令；边界被不断跨越。

几年过去了。最后一次见他时，我俩加上我朋友阿南特（Anant）开了整晚的车从伦敦到日内瓦。在我们穿越塞纳河畔沙蒂永（Châtillon-sur-Seine）附近的森林时，我们听到柯川[1]在收音机里演奏《我的最爱》（*My Favourite Things*）。就是在这趟旅程中，肯告诉我他就要回新西兰了。那年他六十五岁。我没问他为什么，因为我不想听他说出：为了去死。

我装作相信他一定会再回到欧洲。对于这点，他是这样回答的：在那儿，在新西兰，约翰，最好的东西就是草地！这世上再没有那么翠绿的草地了。这是四十年前的事了。我始终不知道他死于哪一天，死于什么原因。

1　柯川（John Coltrane, 1926—1967）：美国爵士乐作曲家和萨克斯乐手，对爵士乐影响极为深远。

在诺维广场上，一堆偷来的吹风机，包了糖渍橘片的蜂蜜面包，一支接一支地抽烟并希望把衣服卖掉的女人，雅古希娅和她这会儿几乎已经空了的篮子，必须尽快卖掉吃掉因为无法久放的黑樱桃，装着盐渍鲱鱼的桶，CD 上艾娃・德马齐克[1]的歌声——唱着她那些抗议歌曲中的一首，在这所有的一切当中，我第一次为他的死感到深深的痛苦。

我甚至没瞥一眼肯刚刚站着的地方，因为他不会在那里了。我独自走着，经过理发店，经过小汤馆，经过那些坐在板凳上的妇人。

某种不知名的东西拉着我走回那些鸽子的地方。我到了以后，一名男子朝我转过身来，仿佛猜出了我的忧伤——这世界还有哪个国家比波兰更习惯与忧伤这种情感妥协共处呢？他把手上握着的那只信鸽递给我，脸上没有笑容。

它的羽毛摸起来有点湿滑——像缎子。这些小东西的胸膛中央有条分界线，和猫头鹰一样。对于它的身形而言，它简直没有重量。我抱着它，紧贴胸口。

---

1 艾娃・德马奇克（Ewa Demarczyk）：歌手，演员，1941 年生于波兰克拉科夫。其歌曲包含很多非主流文化运动的元素，流行于 1970—1980 年代。

我离开诺维广场，问过两个路人后找到提款机。我从那儿回到米欧多瓦街的小民宿，躺倒在床上。天气酷热，带着东欧平原那种不确定的蒸腾热气。现在，我可以哭了。然后，我闭上眼睛，想象我正在洗一副牌。

4

死者记忆的水果

Some Fruit as Remembered by the Dead

哈密瓜

对我们而言，哈密瓜似乎带有某种反面的意义，是一种干旱的水果。在我们穿行于焦灼炎热的峡谷间或踏过沙尘平原上龟裂的土地时，若能看见哈密瓜，吃下它，那感觉，简直像是从绿洲的水井中汲出甘泉。它们是不大可能的奇迹，给我们慰藉，但事实上无法真正解我们的渴。哪怕就在剖开它们之前，哈密瓜闻起来都像一团甜甜的水。一种紧紧抱成一团又没有边界的味道。但若想要解渴，你需要某种更刺激的东西。柠檬是更好的选择。

在小巧嫩绿的阶段，哈密瓜会暗示出青春。不过很快地，这水果会变成一种奇怪的没有年龄的感觉，永远不会变老——就像母亲之于她们的孩子。哈密瓜的表皮总免不了有些斑点，这些斑点像是痣或胎记。这些斑点和出现在其他水果上的斑点不同，其中没有衰老的意味。这些斑点只是一种证明，证明这颗独一无二的哈密瓜就是它自己，也永远是它自己。

没吃过哈密瓜的人，很难从它的外表想象它的内在。那明目张胆的橙色，一直要到剖开的那刻才能得见的橙色，渐渐朝绿色转变。一大堆籽躺在中间的凹洞里，颜色如暗淡的火焰，潮湿，它们排列和簇挤成团的模样，公然蔑视所有一目了然的秩序感。到处都亮闪闪的。

哈密瓜的味道同时包含阴沉黑暗与阳光灿烂。它以非凡的神奇魔力，将这些相反对立的特质、这些在其他地方都无法共存的特质，结合在一起。

桃子

我们的桃子在阳光下变黑。当然，是一种绯红的黑色，但其中黑比红多：其黑如铁，在煅烧中变得红热、已然淬火、正在冷却的铁，对它依然蕴藏的热气不透露一丝警告的铁。马蹄铁的桃子。

这种黑很少扩散到整个表面。果子在树上时，有些部位始终遮蔽在阴影下，这些部位就是白色的，但这种白色中带有一抹青绿，仿佛绿叶在投掷阴影的同时，不小心在它的表皮上擦过一指自身的颜色。

在我们那个时代，富裕的欧洲女士，耗费无比心力想让自己的脸庞与身体保持那样的苍白颜色。但吉卜赛女人从不如此。

桃子的大小尺寸差距甚远，大到足可填满手掌，小到不超过一个台球。当果实受到磕碰或熟得太过时，小桃子那较为细嫩的外皮，就会渐渐出现微微的皱纹。

那些皱纹经常让我们联想起，一只黝黑手臂弯曲处的温暖肌肤。

在果实中心你会发现一枚果核，带着暗棕色树皮的质感，以及宛如陨石般的可怕外貌。

野生的桃子，是上帝专为小偷创造的果实。

青梅

每年的八月时节，我们都在寻找青梅。它们屡屡教人失望。不是太生、太柴，柴得几乎干枯，就是过软、过烂。很多根本连咬一口尝尝都不必，因为单靠手指就能摸出它们没有正确的温度：一种无法在华氏温标或摄氏温标里找到的温度，一种温度，它属于一份独特的清凉，有阳光环绕四周。小男孩拳头的温度。

那男孩介于八岁到十岁半之间，是个开始独立的年纪，却还没有出现青春期的压力。男孩把青梅握在手中，放进嘴里，咀嚼，果实冲过舌头奔进喉咙，好让他吞下它的期盼。

对什么的期盼？对某个这会儿他还说不出名字但很快

就会确定的东西的期盼。他尝到一种甜味，跟糖不再有任何关系的甜味，而是和一只不断伸长、似乎永无止境的肢臂有关。这只肢臂所属的身体，唯有当他闭上眼睛才能看到。这身体有另外三只肢臂，一根脖颈，还有脚踝，就像他自己的身体一样：只是除了它里面的东西会向外涌出。汁液从这永无止境的肢臂中流出，他可以在齿牙间尝到它的滋味，一种无名的苍白树木的汁液，他称之为女孩树。

在一百颗青梅中，只要有一颗能让我们想起这些，就已经足够了。

樱桃

樱桃有一种独特的发酵气味，这是其他水果所没有的。直接从树上摘下的樱桃，尝起来像织了阳光花边的酵母，那滋味，与光滑闪亮的樱桃外皮恰好互补。

吃已经采下的樱桃，哪怕刚采下一小时，你就会尝到其中混杂着樱桃自身的腐败滋味。它那或金或红的色彩中，总带着些微的棕色：若它变软、溃烂，就会变成这种棕色。

樱桃的新鲜，不在于它的纯净饱满，像苹果那样，而在于它的发酵泡沫带给舌头的那种几乎察觉不到的轻微刺痒。

樱桃的小巧模样、轻盈的果肉和若有若无的表皮，与樱桃核是那样格格不入。吃樱桃时，你几乎总是无法习惯果核的存在。当你把果核吐出来，感觉上那果核似乎和包覆它的果肉毫无关联。它更像是你身体的某种沉淀物，因为吃樱桃这个动作而不可思议地形成的沉淀物。每吃一颗樱桃，就吐出一颗樱桃牙齿。

嘴唇，与脸上其他部位截然不同的嘴唇，和樱桃有着同样的光泽以及同样的柔韧性。它们的表皮都像是某种液体的表层，探求着它们的毛细表面。我们的记忆正确吗？或这只是死者在夸大其词呢？让我们做个测试吧。拿一粒樱桃放进嘴里，先别咬破，感觉那么一下下它的密度、它的柔软、它的弹性，与含着它的嘴唇是多么贴合啊！

梅李

一种深色、小巧、椭圆的李子，不比一个人的眼睛长上多少。九月，它们在枝头上成熟，在叶间熠熠闪光。梅李。

成熟时，它们的颜色是带黑的紫，但是，当你将它们捏在手中用指尖搓摩，会发现它们的表皮上有一层霜：色如蓝色木柴烟的霜。这两种色彩让我们同时想到溺水与飞翔。

暗淡的黄绿色的果肉既甜且涩，它的味道是锯齿状的——像是沿着一把极小锯子的刃口轻柔地滑动你的舌头。梅李无法散发如同青梅一般的诱惑力。

梅李树总是种在住家附近。冬日时节，透过窗户向外看去，每天都能瞧见鸟儿们在它的枝桠上觅食、聚集、栖息。鸣雀、知更、山雀、麻雀，以及一只偶尔擅自闯入的喜鹊。春天，同一群鸟儿会在花朵绽放之前，攀上梅李枝头引吭高歌。

还有另一个原因，让它们成为歌之果实。从装满发酵梅李的桶子中，我们蒸馏出非法的烧酒（gnôle），梅李白兰地，slivovitz。而几小杯闪闪发亮的李子白兰地，总会怂恿我们不知不觉地唱起歌曲，歌唱爱情、孤独和忍耐。

5

伊斯灵顿

Islington

近二十五年来，伊斯灵顿[1]自治区变成一个相当时髦的地方。不过回到1950—1960年代，在伦敦市中心或西北郊区说出伊斯灵顿这名字，只会让人联想起一个遥远又带点可疑的地区。注意到那些贫穷并因此让人感觉不适的地区——哪怕其地理位置离市中心很近——是怎样被那些成功人士在想象中推至今天这般改头换面的境地，是一件很有趣的事。纽约的哈林区是另一个明显的范例。对今天的伦敦人来说，伊斯灵顿比起从前可是近多了。

四十年前，当伊斯灵顿还是个偏僻小镇时，休伯特在

1　伊斯灵顿（Islington）：大伦敦地区中北部的一个自治区，山丘地形，摄政运河（Regent's Canal）穿越该区，南端邻接芬斯伯里公园（Park Finsbury）。该区是伦敦的主要水源地，17、18世纪时因为该地的乡村风光和著名的酒吧而成为伦敦人喜爱的休闲度假地。19世纪初开始，拜马车巴士引进之赐，该区出现最大规模的住宅扩建潮，兴建了许多时髦的住宅和广场，希望吸引伦敦城内的办公职员、专业人士和艺术家进驻。然而19世纪中期，由乡村大量涌进伦敦的穷人占据了该区，他们多半是铁路工人或仓库码头营建工，原先那些时髦的乔治式住宅沦为多户共同居住的寄宿屋，该区自此走向长期没落的命运，对20世纪中期的伦敦人而言，该区可说是破败贫穷的代名词。60年代之后，一些中产阶级家庭重新发现了该区乔治式坡地街巷，陆续搬迁进来，使该区逐渐转型为新兴成功人士的时髦住宅区，新工党的核心分子尤其是其中的大宗，包括英国首相布莱尔都曾居住过该区。英国左派报纸《卫报》曾将该区形容为“英国左翼知识分子的精神之家”。根据英国小说家尼克·霍恩比（Nick Hornby）著作改编的电影《非关男孩》（*About A Boy*），就拍摄于该区。

那里买了一间小小的连栋式房屋（terraced house），狭窄的后花园一路往下斜降至运河边。那时，他们夫妻都是艺术学校的兼职老师，手上没什么多余的钱。不过，那栋房子非常便宜，真他妈便宜。

他们已经搬到伊斯灵顿去了！那时，一位朋友这样告诉我。这消息就像是深秋的下午，给人一种白日时光明显缩短的凄凉之感。里面有种无法赎回的东西。

之后不久，我就搬到国外居住。这些年来，偶尔去伦敦时，我和休伯特都是在一位共同的友人家碰面，我从没去过他伊斯灵顿的家，一直到三天之前。1943 年时，休伯特和我是伦敦同一所艺术学校的同学。他学纺织品设计，我学绘画，不过我们一起修了一些课程：人体素描、建筑史、人体解剖。

他那种挑剔的固执让我印象深刻。永远系着领带。看起来活像个 19 世纪的书籍装帧师。他总是处在一种悲伤愤慨的状态，不断被那些周而复始的现代的蠢事激怒。他的指甲总是很干净。那时，我老穿件浪漫主义式的黑色长大衣，看起来像个马车夫——也很 19 世纪。我用我能找到的颜色最深的炭笔画素描，当时正在打仗，想要找到这样的炭笔可不容易—— 1941、1942 那两年，谁有时间去烧木炭？有时候，我会偷拿一根老师的库存货；有两种偷窃行为是正当合法的：饿肚子的人偷取食物，以及艺术家偷取创作所需的基本材料。

毫无疑问，我们两人都对彼此充满猜疑。休伯特八成觉得我的感情过度外显，轻率得已经达到暴露狂的程度；对我而言，他则是个守口如瓶的精英分子。

尽管如此，我们还是会彼此倾听，有时也会一起喝杯啤酒或分食一个苹果。我们都很清楚，在其他同学眼中，我们两个都是神经病。因为我们像疯子一样，不管任何时候，只要有可能，就会发狂似的投入工作。没什么事能让我们分心。休伯特拿出小提琴家为乐器调音那样细心控制的动作，为他的模特儿画素描；我则像厨房小工把西红柿、奶酪胡乱丢到披萨上等着送进烤箱那样噼里啪啦地画。我们的做法迥然不同。不过，在每个小时的休息时段里，模特儿都歇息去了，整间画室只有我们两个人留在那里，继续工作。休伯特通常在修他的画，让画面达到一种平静的感觉。而我，则往往是在把画毁掉。

三天前，在我按了他伊斯灵顿家的门铃后，他打开前门，笑容灿烂。他把左手高举过头，摆出一种介于欢迎、敬礼和骑兵军官下令冲锋的姿势。没人比休伯特更没军事味。但此刻的他却是一名指挥官。

他面容憔悴，看起来像是刮胡子刮得太过干净而显得很痛。他穿一件皱巴巴的灯芯绒长裤，一条宽宽的黑色皮带松垮垮地系着，差不垂到裤袋的位置。

来得正好，他说，水刚烧开。他在这儿停了下来，等着我说点什么。

好久不见了，我说。

这时，我们正站在楼梯的第一小段上。

你要哪种茶呢：伯爵、大吉岭或绿茶?

绿茶。

最健康的一种，他说，我每天都喝。

客厅里堆满地毯、靠垫、物件、脚凳、瓷器、干花、收藏品、版画、水晶酒瓶、画作。很难想象这里还能摆下任何新东西，任何比明信片大的新东西；根本没剩半点空间。不过同样也很难想象，可以把哪样东西丢掉好腾出点儿空间，因为每样东西都是这些年来他用同等的爱与关注去发现、挑选、安置在这里的。没有哪枚贝壳、哪只烛台、哪个时钟或哪把高凳特别出众或特别碍眼。他指着壁炉旁一张摄政时期[1]的椅子，示意我应该坐那儿。

我问他，挂在门旁边的那张抽象水彩画是谁画的。

那是格温的作品之一，休伯特说。我一直很喜欢这幅画。

格温是他的妻子，版画老师，十二年前去世了。她内向，娇小，喜欢穿粗革皮鞋，看起来像个鳞翅目昆虫专家。不管身在何处，就算是在战时伦敦的巴士里，只要她把手举到空中，我仿佛都能看到一只蝴蝶停在上面的情景。

休伯特从一把银壶里将茶注入门边桌子上的一只德贝郡（Derbyshire）茶杯，然后，像航船似的绕行过众多家具穿越客厅把茶送到我手上。我很好奇，他是不是给这屋子里的每个房间都画了一张航海图，就像在大海上那样。我已经注意到，一楼的餐厅和客厅一样堆满了东西。

我做了些黄瓜三明治，想来一块吗？他问道。

非常感谢。

我有个姑妈，他说，对于茶会邀请她始终坚守两大原

1 摄政时期（Regency）：指 1811 年至 1820 年间，乔治三世被认为不适于统治，而他的儿子，之后的乔治四世被任命为他的代理人作为摄政王的时期。广义的摄政时期指 1795 年至 1837 年，这一时期的政治和文化都表现出与众不同的特质。这一时代可被看作乔治王时代到维多利亚时代的过渡期。

则。一，黄瓜三明治和海绵蛋糕是必备茶点；二，客人必须坚持在六点之前离开，并成功做到这点……

我听见身后架子上的钟摆滴答声。这个房间里至少有四座钟。

我想问你一个学生时代的问题，我说。你还记得有个女孩子，和我们同年，念的是戏剧服装？经常跟着科莉特到处跑。

科莉特！休伯特应声说道，我很好奇她现在变成什么模样？以前，她每个礼拜都会穿新衣服过来，记得吗？上面常常还别着胸针。

她常常和科莉特一起待在她房间，在吉尔福德广场（Guildford Place），我说。那些房间在二楼，可以俯瞰科拉姆儿童游乐场（Coram's Fields）。她长得不高，塌鼻子，大眼睛，有点胖胖的。一点也不爱说话。

科拉姆游乐场啊，休伯特说。前几天我才在某个展览的一张画作里看到。是一个年轻画家画的，叫阿图罗·迪斯特凡诺（Arturo di Stefano）。很热很热的一天，孩子们在游泳池边玩水。里面充满了童年的永恒时光——如果可以这么说的话。

那时还没有游泳池，我说。只有用木板搭的露天音乐台，还有高耸参天的树木，在每天早上我们朝窗外眺望时由上而下地俯瞰我们。

我想我没去过科莉特那里，休伯特说。

那你知道我讲的是谁吗？

是保利娜吗？和乔谈过恋爱的那个，那个裱框匠。

不是，不是，是黑头发的，又黑又短的头发！牙齿很白。有点冷淡高傲的样子，老翘着鼻子走来走去。

你说的不是珍妮吧？

珍妮很高！我说的是那个矮矮的，圆圆的，娇小型的。她习惯回家过周末，她家在一个时髦的地区，像是纽伯里[1]之类的。是纽伯里吧？总之，她喜欢马。

你为什么想知道她的名字？

我一直想记起她的名字，想了好久，可就是想不起来。

是普丽西拉吗？

她的名字是很普通那种，可我偏偏想不起来，就是这样才奇怪。

也许她嫁人了，艺术学校的学生大部分都在那段时间结婚了，婚后她的姓也可能已经跟着改了。

1　纽伯里（Newbury）：英格兰南部的商业市镇，距伦敦约一小时车程，以赛马闻名。

我只想知道她的名字。

你想打听她现在的下落吗?

以前，六月的每个礼拜一，她都会带来乡下的新鲜草莓，分给全班。

也许她已经死了，别忘了这点!

是啊，现在已经没剩几个人可以让我问了，就是这样我才来找你。

没错，真是不幸的事实。我们的确是少数还活着的。她的作品如何?

乏味。不过，只要她一走进房间，你立刻就知道她有一种风格。她熠熠生辉。她什么也没说，但就是熠熠生辉。

我始终认为，风格是好几种天分的遗产。如果只有单一种天分，不管那天分有多高，还是无法产生风格感。我吃药了吗?我光顾着讲话了。

我没看到你吃。

我希望我能把她带到你眼前。但恐怕没办法。她已经没音讯了。

那个时代没人戴帽子，但她戴!她戴一顶好像准备去参加赛马会的帽子!斜斜地罩在后脑勺上。

他没说话。我让他想。沉默延续着。休伯特很容易陷入沉默——仿佛生命是悬在一根细线上，一不小心就会让胡言乱语给扯断。在这沉默中，我可以感觉到，自从格温死后，他们两人先前在这间房子里建立与维系下来的那些标准，丝毫都没有改变。这个房间依然是之前的那一个。

我们上楼吧，他终于开口了，我带你去看圣保罗大教堂，我卧室的阳台视野很棒。

我们慢慢爬上楼。他的腰杆挺得笔直。在楼梯的第一个转角平台处，他停下来，说道：这座阳台修建于1840年代，这些房子也原本是为在伦敦城里工作的办公职员准备的。正如你所见，穷人的乔治式[1]建筑。但是没有实行。在不到一代人的时间里，这些房子全都沦为寄宿屋，每一层楼租给一个房客或一对夫妻。这种情形维持了一百年。当我们在四十年前搬来这里时，对街的房子甚至连电都没有。只有煤气灯和煤油灯。

楼梯旁边的墙壁上，挂了许多纺织品素描，以及珍贵布料的裱框样本，有些看起来充满波斯风味。

在我们买下这栋房子之前，它是一间妓院，专门为从

1 乔治式：指乔治王时代（Georgian era）的风格样式。乔治王时代，指英国乔治一世至乔治四世在位时间（1714—1830），其中1811年至1820年又称为“摄政时期”。有时，也将威廉四世在位时期（1830—1837）算入乔治王时期。该时期下启维多利亚时代。

北方运送货物到伦敦的卡车司机服务。你进浴室来看看。看到那面美人鱼镜子吧？那些承租户把它留在楼下的浴室里，格温则坚持要保持原状。有时，我会在里面看到比阿特丽斯[1]，格温就笑说，比阿特丽斯正在跟你挥手呢！比阿特丽斯是这里的一名妓女，客厅有扇窗户的窗板上就刻了她的名字。

休伯特伸手将浴室墙上的那面镜子扶正，我从镜中瞥见他的脸，同时想起了他年轻时的模样。也许是因为镜面上布满斑痕、看不太清楚，于是他眼中的神情在对比之下变得更加闪亮。

我们刚搬来的时候，手上没什么余钱，于是我们就告诉自己，我们恐怕得花上打造一座花园那么久的时间，来整理这栋房子。我们一个房间一个房间地收拾，总共有七间，一层一层地收拾，一年一年地收拾。

爬到楼上时，休伯特带我穿过他的卧室，走向通往阳台的落地窗。

小心那些天竹葵！他说。我把它们摆在这里，方便每天早上浇水。

1 比阿特丽斯（Beatrice）:《神曲》中亦有以此为名的仙女，原型系但丁的恋人（意大利语 Beatrice 音译为“贝亚特丽斯”）。

味道好浓啊!

血红老鹳草，他说，拉丁文是 Geranium sanguineum。

我摘下一片叶子用力闻。那味道让我想起她的头发。

战争期间，肥皂是很稀有的珍贵品，当时也没洗发香波，除非你有钱去黑市买。所以，那时刚洗好的头发闻起来就是头发的味道。我还记得，她在那个早上起床之后，洗了她的头发。那是个暖热夏日，窗户全开着。她用一只搪瓷水罐把水注入搪瓷洗脸盆，在那儿洗头。科莉特的公寓没有热水。然后，她走回来，头上缠着一条毛巾，此外别无他物，她挨着我在床上躺下，直到头发晾干。

圣保罗大教堂，休伯特说，是无与伦比的！而且根据记录，只花了三十五年就建造完成！1666 年伦敦大火后的第九年开始动工，1710 年竣工。那时克里斯托弗·雷恩还活着，亲眼目睹了他所设计的这座杰作的落成典礼。

他几乎逐字逐句地背诵出当年我们在建筑史课堂上被迫要牢记在心的那些内容。我们也被迫去到那座教堂前面，画下它。圣保罗大教堂毫发无伤地躲过了多次空袭，因此成了伟大的爱国主义纪念碑。丘吉尔就在它前方拍摄演讲录影带。当年，我在画它的建筑细部时，还在后方的天空中加入“喷火式”战斗机!

我们的第一次，并非出自我或她的选择。我在晚课结束后去找科莉特。我们喝了些汤。我们三个聊天聊到很晚。空袭警报响起。我们关了灯，打开一扇窗户，注视着探照灯扫过科拉姆游乐场的树木上空。攻击者似乎并不特别近。

睡这儿吧，科莉特提议。总比出去冒险好。我们三个人都可以睡在这张床上，床很大，够睡四个人。

我们真的这样做了。科莉特靠墙睡，她睡中间，我睡最外面。我们脱了大部分的衣服，但并不是全部。

醒来时，科莉特正在烤吐司，一边把茶倒进杯子里；她和我则四肢交缠，紧紧相黏。这没吓到我们，因为我和她都意识到某件更令人惊讶的事：那个晚上，我们在彼此的性欲中入睡，不是为了满足它，或否认它，而是顺从着一种直到今天依然很难命名的欲望。没有任何临床叙述符合那种欲望。也许它只会发生在1943年春天的伦敦。我们发现，我俩的手臂摆出一种一起动身出发的姿势，一种流放他乡的姿势。我们像正在滑雪或滑滑板（只不过滑板在当时还不存在）那样把彼此结合在一起。目的地并不重要。每一次出发，都是为了前往性感之带。要紧的只是我们抛在身后的距离。我们用每一回的舔舐把距离喂养给彼此。肌肤相触的每个部位，全都许诺了一条地平线。

我退回休伯特的房间，注意到这里不同于其他房间。角落里有张双人床，但格温从没在上面睡过。这个房间是临时性的——好像还处于前十年休伯特曾临时在这里安顿时的模样。墙面上覆满了各种植物和花朵的图像——没有裱框的版画、素描、摄影、从书上撕下的纸页，它们密实实地接合在一起，看起来几乎与壁纸无异。很多是用图钉钉在一起，我想他一定经常重组这些图像。除了床下的拖鞋和旁边桌上的一堆药品之外，这里看起来像个学生宿舍。

他注意到我在看那些图像，于是指着其中一幅素描，也许是他自己的作品：很怪的花，对吧？像一只陶醉欢唱的小画眉的胸膛！这种花源自于巴西。英文名字叫做马兜玲（Birthwort）。拉丁文是：Aristolochia elegans（优雅的阿里斯托洛琪雅）。列维－施特劳斯（Lévi-Strauss）曾经在某个地方谈到过植物的拉丁名称。他说，拉丁名称让植物具有人格。马兜玲只是物种名称。优雅的阿里斯托洛琪雅则是一个人，单一而独特。假如你的花园里有这种植物，在它死去时，你可以用它的拉丁名字为它哀悼。如果你只知道它是马兜玲，你就不会这样做。

我站在落地窗旁边。我该把它们关上吗？我问。

好，关吧。

你睡觉时都会把落地窗关上吗?

真有趣，你是该问这个问题的，因为最近这问题变得有点麻烦。从前，答案很简单——我让它们整晚开着。现在，上床前，我会把它们打开。这屋子很窄，只要所有窗户关上，立刻憋闷得不行。有天晚上，我想到当初这栋房子还崭新的时候住在这里的那些办公职员。和我们比起来，他们的生活空间是那样的狭小。局促的办公室、局促的马车巴士、局促的街道、局促的房间。然后，在凌晨天亮之前，我会爬起床，走过去把窗户关上，这样，当街道在清晨热闹起来时，房间里依然是安静的。

你很晚睡吗?

我起得很早，很早。我想，我把窗户关上，是因为在每个新的一天来临时，我需要一种保护。因为有些时候，我需要平静的清晨，这样我才能面对它。每一天，你都得决定成为不可战胜的。

我懂。

是吗?约翰，我有点怀疑。我是个孤独的人。来，我带你去看花园。

我从没见过这样的花园。里面种满了灌木、花朵、矮树，每一株都长得欣欣向荣，但它们种得非常之密、非常之紧，陌生人根本无法想象可以从它们当中穿走过去。一条单向小径斜降至运河边，小径狭仄异常，只能侧着身子走下去。不过，这里的簇叶密度并非丛林的密度，而像是合上的书本的密度，你必须一页一页去读它。我认出米迦勒雏菊、冬茉莉、粉扑锦葵，还有紧邻小径、名为“淑女蕾丝”的绶草，以及一种叶形如舌的香茅植物，它们全都以一种被容纳在对方空间里的方式生长着，并以这样的方式安置自己。每一片叶子都在它邻近叶片的旁边或下面、上方、之间、周围找到了一个位置，可以接收光线，可以随风弯折，可以探查它的自然方向。那座无法穿越的花园大概就是像这样的。

我们刚来的时候这里什么也没有，休伯特说，甚至连草也没有。长年以来，这里都被所有连栋房住户当成垃圾场。妓院背后的垃圾场。几个旧浴缸，一只煤气炉，解体的平底船，发臭的兔子笼。尝尝这些葡萄。

他快步走向一株倚靠在砖墙上生长的葡萄，这道砖墙隔开了他和邻居的花园。他在每串葡萄上套了一只塑料袋，以免鸟儿啄食。他将一只长手伸进其中一只塑料袋，然后，用手指摘下一些白色的小葡萄，带着云纹蜂蜜的颜色，放在我的手掌心。

我再一次去吉尔福德广场上科莉特公寓的时候，打从一开始我就知道，我将在那里过夜。科莉特睡在第二个房间的另一张床上。我脱掉所有衣物，她穿上宽松的绣花睡衣。我们和上回一样发现了同样的事情。只要结合在一起，我们就可以动身出发。我们从骨骼到骨骼，从大陆到大陆地旅行着。有时我们会讲话。但不是句子，也非爱语。而是部位和地方的名字。胫骨（Tibia）和廷巴克图（Timbuktu），阴唇（Labia）和拉普兰（Lapland），耳孔（Earhole）和绿洲（Oasis）。部位名变成爱称，地名则是通行口令。我们不是在做梦。我们只是变成我们两具身体的瓦斯科·达·伽玛。我们对彼此的睡眠进行最亲密的关注，我们从未忘记彼此。当她熟睡时，她的呼吸像是在冲浪。你把我拉到谷底，有天早上她这样告诉我。

我们没有变成情侣，我们甚至连朋友都不是，我们没什么共同点。我对马没有兴趣，她对新闻自由则漠不关心。在艺术学校交错而过时，我们彼此没有话讲。但这并不困扰我们。我们交换轻吻，在肩膀或颈背，但从不在嘴唇，然后我们继续各走各的路，就像一对老夫妇恰巧在同一所学校工作那样。然而黑夜一旦降临，只要我们可以，我们就会碰面做同一件事：在彼此的臂膀中度过整晚，像这样，动身出发，前往他乡。一而再地不断重复。

休伯特正在将一大把开黄花的蔓茎用拉菲草绑到棚架上，双手微微地颤抖着。

变冷了，休伯特说，我们进去吧。

他关起我们身后的门，锁上。

这是我的工作室，他朝一张大型木头工作台点了点头，台前方有把椅子。这礼拜我要把从花园收集来的种子装进小袋子里，然后给每个纸袋贴上正确的标签，写上种子的一般名称和拉丁学名。有时我得在植物标本集里查找拉丁学名，我的记性不如从前了，虽然我还可以欣慰地说我还不用经常如此。

这些袋子是要做什么的？我问。

我要寄出去。每年秋天我都会这样做。看这里。“雾中之爱”（Love-in-a-mist），Nigella damascena（大马士革黑种草）。二十四袋。

你是说你在卖这些种子吗？

我把它们送人。

这么多！有几百袋吧！

有一个自称为“茂盛”（Thrive）的组织，专门把种子分送给需要的人——老人之家、孤儿院、收容中心、临时难民营，让花朵开在那些通常看不到它们的地方。当然啦，我知道，这无法改变什么，但最起码总是一份心力。对我而言，那是分享园艺之乐的一种方式。是一大满足。

一开始，我常犯的勃起让人有些心烦意乱，但有一次，她给它们取了名字——我们就叫它们伦敦吧！她说——它们占了位置，变得没那么紧急——或不像她的汗水、她的圆润双膝或她屁眼里的黑色蜷曲毛发的潮湿蕨类气味那么紧急。毛毯下的一切，都将我们带往他乡。在他乡，我们发现了生命的真实大小。日光下的生命，往往显得渺小。例如，在古典课堂上为罗马雕像的半身石膏像画素描时，生命似乎非常渺小。在毛毯下，她用脚趾搔摩我的脚底，一边喘息着说“大马士革”。我用牙齿梳理她的头发，一边嘶嘶地说“头皮”。然后，随着我们的这些姿势或其他姿势变得越来越长、越来越慢，我们听任对方单独睡去，两具身体考虑着彼此所能给予对方的最无法想象的距离，然后我们动身出发。早上，我们默默无言。我们无法开口。不是她起身去洗头，就是我走到床脚窗边，眺望着下方的科拉姆游乐场，她则会把我的裤子丢过来。

我真正的问题，休伯特说，在那边那些抽屉里。

他拉开一个金属抽屉，抽屉无声地向我们滑开。双特大尺寸，专为收藏建筑蓝图设计的。抽屉里装满小号的抽象速写和水彩画，感觉它们是来自各个所在。也许是显微镜下的所在，也许是银河的所在。路径。场所。通道。障碍。全是以流动的涂面和曲折的线条构成。休伯特轻轻推了一下抽屉，它随即顺着导轨滑了回去。他拉开另一个——一共有十二个这样的抽屉——这回，里面装的是素描。用硬铅笔画的，杂乱无章，充满急速的运动，如同你在飞云或流水中见到的那样。

我该拿它们怎么办？他问。

是格温画的？

他点头。

如果我把它们留在这儿，他说，等我死后它们就会被扔掉。如果我从中挑选一些我觉得最好的保存下来，那剩下的那些该怎么办？烧掉吗？送给艺术学校或图书馆？他们没兴趣。格温从没给她树立过名声。她只是单纯地对绘画充满热情，对于如何在她的表达中“捕获它”充满热情。她几乎天天画。她自己已经扔了一大堆。摆在这些抽屉里的，都是她希望能保留的。

他拉开第三个抽屉，犹豫着，然后用他微微颤抖的手，挑出一张水粉画，举起来。

很美，我说。

我该怎么办？我一直把这件事拖着。要是我什么也不做，它们全会给扔掉。

你必须把它们放进封套里，我说。

封套？

对。你给它们分类。你可以发明任何你喜欢的系统。根据年份、颜色、喜好程度、大小、心情。然后在每个大封套上，写下她的名字，还有你建立的分类名称。这会花上不少时间。一张都不能弄错。接着在每个封套里按照顺序放入画作；轻轻地在每张作品后面注记号码。

要根据什么顺序呢？

我不知道。你会找到的。有些画作看起来就该是最早出现，也总会有最后一幅，不是吗？顺序自然会跑出来的。

你认为，做这些封套会有什么不同的效果？

谁知道呢？但无论如何，那样它们的境况会比较好。

你是说画吗？

对。那样它们的境况会比较好。

楼上客厅的钟响了。

我得走了，我说。

他领着我往前门走。然后他打开门，转过头，用取笑的眼神看着我。

她的名字是不是奥黛丽？

奥黛丽！是，没错，就是奥黛丽！

她是个有趣的小东西，休伯特说。她让我想到好几个名字，就是因为这样，我才无法立刻把她对上去。她和我们一起的时间不长。没错，她总是戴帽子，你是对的。

他隐约地微笑着，因为他看出我很开心。我们互道再见。

奥黛丽和我所共享的那种无名欲望，最后以一种难以理解的方式结束，就像它开始的时候那样：说它难以理解，只是因为我们两人都没有去寻求一个解释。我们最后一次睡在一起时（虽然我不记得她的名字，但我可以毫不犹豫地说出，那是个六月天，她的双脚因为穿了一整天的凉鞋而沾满灰尘），她先躺上床，然后我爬到窗台上，把阻光窗帘的木框拆下，好将窗户打开，让更多空气进来。窗外洒着月光，科拉姆游乐场的所有树木都看得一清二楚。我用充满期待的愉悦心情仔细看着它们，因为再过一两分钟，我俩就可以抚遍对方身体的每寸肌肤，展开我们的夜晚之旅。

我急忙忙钻上床躺在她旁边，她二话不说地将背转向我。在床上，有一百种将背转开的方式。大多数是邀请，有些则是倦怠。然而这一回，毫无疑问是拒绝。她的肩胛骨变成了装甲板。

我因为太想她而无法入睡，而她，我猜，是假装睡着。我也许和她争论来着，或开始亲吻她的颈背。然而那不是我们的风格。我的茫然困惑一点一点溜走，而我感到非常欣慰。我转开我的背，让那里孕育出一种感激，感激所有在这些破碎的春天里发生在这张床上的事。就在这时，一颗炸弹落下。落点很近，我们听到科拉姆游乐场另一边的窗户在颤抖，更远的地方，在嚎叫。我俩都没开口。她的肩胛骨松懈下来。她的手寻找着我的手，我们满心感激地躺在床上。

次日早上我离开时，她甚至没从咖啡碗中抬头看我一眼。她紧盯着咖啡碗，就好像她在几分钟前刚刚决定，这是她必须做的，我们两人的未来都取决于此。

休伯特站在门道上，左臂举到头旁，做出下令军队散开的手势。他的脸虚弱但不可战胜。天色渐渐暗去。

我会接受你提的封套建议，他在身后喊到。

我顺着马路，穿过其他连栋房屋，独自往下走。

你在睡梦中用许多名字叫过我，奥黛丽挽着我的臂膀时说，而我最喜欢的是，奥斯陆。

奥斯陆！我重复道，此时我们转进“上街”。如今她将头枕在我肩上的方式告诉我，她死了。

你是在初雪中带着韵脚叫出这名字的，她说。

6

阿尔克桥

Le Pont d'Arc

时序二月。夜里微霜。正午二十一摄氏度。万里无云的天空高悬在阿尔代什河[1]东岸的沃盖（Vogué）小村上。水声淙淙流过，打磨、推移着溪石。这条满是漩涡、激流、在阳光下泛着金属光泽的河流，不及二十米宽。它猛烈地拉拽着，像是想象中一只狗儿要求你带它去散步。一条恶名昭彰的变幻莫测的河流，它的河面可以在三小时内暴涨六米。有人告诉我，水里有梭鱼，但没 sandre（梭鲈）。

我看着上游的鸟俯冲过银色的水面。今晨稍早时，我在石灰岩壁下的教堂为安（Anne）做了祈祷。她是我朋友西蒙的母亲，正在剑桥的一幢花园洋房中等待死神降临。如果可以，我想把阿尔代什的声音送给她，连同它那坚定不移但不甚精准的承诺。

阿尔代什的河水已经在下维瓦赖（Bas Vivarais）高原冲出了许多洞窟，打从无法追忆的远古时代，这些洞窟就为勇者们提供庇护所。来这儿的路上，我让一名里昂人搭了便车，他是个“无钱却有闲”的人。我猜他是丢了工作。他从一月开始走遍这块地区，晚上就睡在他能找到的

1 阿尔代什河（Ardèche）：法国中南部的一条河流。流经以其命名的阿尔代什省。该河在当地切割出欧洲最大的天然峡谷，峡谷崖顶的天然洞窟中，自新石器时代起便是人类的重要居住地，尤以保存了精彩壁画的肖韦（Chauvet）洞窟最为著名。

任何一个洞窟里。明天，在三十公里顺流而下的路程之后，我将拜访肖韦洞窟，该洞窟于1994年重新发现，是自上个冰河时代之后的首次发现。在那儿，我将目睹世界上最古老的洞窟岩画，比拉斯科[1]或阿尔塔米拉[2]的壁画早上一万五千年。

在最后一个冰河时代的一段相对温暖的时期里，这里的气温大约比今天低上三至五摄氏度。树种只限于桦树、苏格兰松、刺柏。动物包括许多今天已经绝种的类属：猛犸、巨角鹿、无鬃毛的洞狮、原牛和三米高的熊，还有驯鹿、高地山羊、野牛、犀牛和野马。游牧的打猎采集人口稀稀落落地分布，大约二十至二十五人构成一个群聚单位。

---

1 拉斯科（Lascaux）：位于法国西南部多尔多涅河（Dordogne）河谷区的新石器时代洞穴，洞穴中布满公元前15 000到前13 000年前的精彩动物壁画。该洞穴是在1940年由四名少年意外发现，比肖韦洞窟的发现早了半个多世纪。

2 阿尔塔米拉（Altamira）：位于西班牙东北部巴斯克地区的新石器时代壁画洞穴，壁画绘制时间约和拉斯科洞穴相当。该洞穴于1879年由一名业余考古学家发现，是最早发现的新石器时代壁画洞穴遗址之一。

新石器时代学者称他们为克鲁马农人[1]，一个颇有距离的术语，虽然其实他们与我们之间的距离可能比我们想象的要小。没有农业，没有冶金。但有音乐和珠宝。预期平均寿命为二十五岁。

活着的时候，他们对友伴的需求和我们一样。然而，克鲁马农人对“我们在哪里”这个最初也最为永恒的人类问题的回答，却和我们不同。游牧民族敏锐地意识到自己是少数，动物的数量压倒性地超过他们。他们并非出生在星球上，而是出生于动物种群之中。他们不是动物的管理者：动物才是他们周遭世界和宇宙的管理者，而世界和宇宙永无停息。在每一条地平线后面，都有更多动物存在。

但与此同时，他们又和动物截然不同。他们懂得用火，因此可以在黑暗中有光。他们可以在某段距离之外杀死对象。他们用双手造出许多东西。他们为自己制作帐篷，用

1 克鲁马农人（Cro-Magnon）：一种晚期智人，距今 4 万年左右，1868 年发现于法国多尔多涅的克鲁马农洞穴。克鲁马农人体质特征与现代人类已无大的差别，高身材，宽肩膀，男性平均身高约 180 厘米，前额颇高，下颌发达，脑容量约等于现代人的平均数值，智力接近现代人。以狩猎和采集为生。创作有丰富的艺术品，包括法国、西班牙、撒哈拉沙漠洞穴里的壁画并制作衣服、工具（如狩猎武器）、装饰品（如小雕像），并建造住所。今天的人类很可能是克鲁马农人的后代，他们可能从中东进入欧洲并最终取代尼安德特人。

猛犸的骨头撑立起来。他们说话。他们会计算。他们会取水。他们以不同的方式死去。他们之所以能豁免于成为动物，乃因为他们是少数，因此，动物们可以原谅他们的这项豁免。

阿尔克桥（Le Pont d'Arc）位于阿尔代什峡谷的起始处，桥下那座三十四米高、几近完美匀称的圆拱，是由河水本身切凿而成的。河的南岸矗立着一块高耸裸露的石灰岩，它那饱经风霜的轮廓，仿佛一个披着斗篷的巨人，正大步朝大桥走去，想要跨过大桥。在他身后岩石的表面被雨水上了黄色和红色——赭石和氧化铁。倘若巨人想要过桥，他将发现，他的庞大身躯会立刻撞上对面的山壁，然后在对面山壁的顶端附近，他将发现肖韦洞窟。

桥与巨人，都是在克鲁马农人时代就已经存在了。唯一的差别是，三万年前，在洞窟壁画初刚绘下之际，阿尔代什河一路蜿蜒到岩壁之下，而我正在攀登的这条天然小路，当年则由动物定期跨越，一个种群接着另一个种群地下到河边饮水。这洞窟像个战略要地似的设置在那里，神秘地设置在那里。

克鲁马农人怀着恐惧与惊诧生活在一个“到来”（Arrival）

的文化里，面对一重又一重的神秘事物。他们的文化持续了将近两万年。今日的我们则是生活在一个不停“离开”与“进步”（Departure and Progress）的文化里，这一文化迄今存在了两三百年。今日的文化不再面对神秘事物，而是不断试图要超越它们。

静寂。我熄掉头灯。黑暗。在黑暗中，静寂成了百科全书，将发生在过去与现在之间的所有一切，凝结浓缩。

在我前方的一块岩石上，有一簇方形红点。那红色的鲜活程度令人吃惊。宛如气味那样当下而直接，或像是六月傍晚太阳开始落降时花朵的色彩。这些红点，是用红色氧化物颜料涂在一只手的掌心，然后按压在岩石之上。一只独特的手经脱节的小手指印纹而辨认出来，在洞窟的其他地方，又可以看到同一只手的另一片印纹。

另一块岩石上，类似的点纹，积成一个像是野牛侧影的整体造型。手的痕迹填满了这只动物的身体。

在女人、男人和小孩（洞窟里有一个大约十一岁小孩的足印）到来之前，以及在他们离开去寻找食物之后，这个地方是熊的居所。也许还住了狼和其他动物，但熊是这里的主人，游牧民族必须和它们分享这座洞窟。熊掌的刮痕出现在一面又一面的墙上。脚印告诉我们，哪里曾有只母熊带着她的幼仔走过，在黑暗中摸索她的路径。洞窟最大最中央的石室高达十五米，其内，在熊群冬眠栖息的地上，还留有许多泥沼或洼地[1]。这里发现了一百五十具熊的骸骨。其中有具骸骨单独放置在洞穴最深处的某种岩石基座上，或许是克鲁马农人放的。

静寂。

在静寂中，场所的范围和尺度开始越发重要起来。这座洞窟有半公里长，有些地方宽五十米。然而，几何性测量并不适用，因为我们处在某种身体的内部。

那些矗立和悬突的岩石，紧围的墙面，以及其上的经成岩作用这一地质过程而形成的凝结物、通道和凹穴，都在很大程度上类似于人体或动物体内的器官和空间。它们的共同之处在于，都有着看起来像是由流水创造出来的结构。

洞窟的颜色也具有解剖学色彩。碳酸盐岩是骨头和胃脏的颜色；钟乳石，绯红和惨白；方解石石灰华幕和凝结物，橘色和鼻涕色。反光的表面宛如被黏液濡湿。

---

1 泥沼（wallows）和洼地（depressions）：英语中，二词又分别有“在泥塘里欢快地打滚”和“沮丧忧伤”之意。

年增月长的巨大钟乳石（它们的成长速度约为每百年一厘米）看起来像是胃里的肠，而且，在其斜坡的某一点上，那些管状物令人联想起一只微型猛犸的四肢、尾巴和象鼻。由于这样的参照物很容易消失无踪，于是，一名克鲁马农画家，用四条简单的红线，把那头迷你猛犸带到眼前。

许多可用来描画的墙面还未被触碰过。这里所描绘的四百多种动物，就像在自然界那样不起眼地分布着。这里没有拉斯科或阿尔塔米拉那样生动鲜活的展示。这里更空旷、更隐蔽，或许与黑暗有着更大的共谋。尽管这些壁画比拉斯科的早上一万五千年，然而它们的技法、观察力和优雅度，都不逊于日后的画作。看起来，艺术似乎生来就像是个可以立刻行走起来的小马驹。某种艺术创作的天资伴随着对此艺术的需求而产生；它们一同到来。

我爬进一处杯状的附洞，它直径四米，有三只熊——公熊、母熊和幼熊，如同千万年后童话故事不断传诵的内容那样——用红色画在附洞起伏不平的侧壁上。我蹲在那儿，观察。三只熊后面跟了两只小高地山羊。艺术家用他木炭火炬的闪烁光芒与岩石交谈。一处突伸的石块让熊的前掌带着它自身的可怕重量向外摇晃，仿佛正在往前跳跃。

紧接其后的裂隙，恰好构成高地山羊的背部线条。艺术家对这些动物了如指掌且亲密熟悉；他的双手可以在黑暗中赋予它们形象。岩石告诉他，动物——和存在于世的其他万物一样——就在岩石里面，而他，可以用手指上的红色颜料劝服它们来到岩石表面，来到它的薄膜表面(membrane surface)，用它们的气味摩擦它、沾染它。

今天，由于空气湿度的关系，许多壁画的表面变得有如薄膜一般敏感脆弱，用抹布即可轻易去除。因而需要我们敬畏待之。

步出洞窟，重返时间快速流逝的风中。重获名称。洞窟里，一切都是当下而无名的。洞窟里存在着恐惧，但这种恐惧与一种受保护感维持着完美的平衡。

克鲁马农人并不住在洞窟中。他们进入洞窟参与某种仪式，我们至今仍不清楚的仪式。但在某方面而言，很像是某种萨满仪式。洞穴里的人数不论在任何时间应该都不超过三十。

他们多久来一次？世世代代的艺术家都在这里工作吗？没有答案。也许我们必须满足于直觉：他们来这里，是为了经历一些特殊的时刻，那些在危险与幸存之间、恐惧与保护感之间生活在完美平衡中的时刻，然后把这经历装在记忆里带走，我们该这样相信吗？无论何时，还能期待比这更美好的吗？

肖韦洞窟里描绘的动物在真实情况中大多凶猛，但在这些对它们的描绘中没有丝毫恐惧的痕迹。尊敬，是的，兄弟般亲密的尊敬。正因为如此，这里的每一幅动物形象当中，都有人类在场。愉快满足的在场。这里的每一种生物都像是人在家那样的自在——一种奇怪的表述，却无可置疑。

洞窟最底端的石室，用黑色木炭画着两头狮子。近乎真实大小。它们以侧面肩并肩站着，雄狮在后，雌狮紧贴雄狮与之平行，较靠近我。

在这里，它们呈现出一种单独、不完整（看不到它们的前腿和后爪，我怀疑是当初根本没画）却是全部的存在。四周那些面对它们的岩石，那些呈现自然狮色的岩石，也变成了狮子。

我试图画下这两头狮子。雌狮既在雄狮旁边，用身体摩擦着它，也在雄狮里面。这种暧昧模棱来自最精熟的省略技法，两头狮子共享一条轮廓线。轮廓线下部的肚腹和胸膛同时属于两者——它们以动物的优雅分享着。

至于其他部位，它们的轮廓线则是分开的。它们的尾线、背线、颈线、前额线和口鼻线各自独立，并在不同的点上彼此趋近、分离、聚合、结束，因为雄狮比雌狮长许多。

两头站立的动物，雄与雌，由腹部的单一线条接合彼此的腹部，那里是它们最容易受伤的部位，同时毛量较少。

我把它们画在吸水的日本纸上，选择这种纸，是因为我认为用黑色墨水笔在上面画画的难度或许可以让我稍稍接近在粗糙的岩石表面用木炭（木炭是在这洞窟里烧制的）画画的难度。在这两种情况下，线条都无法平滑顺畅。一个得轻推，一个得诱引。

两只驯鹿朝相反方向跨步——东和西。它们没有分享同一条轮廓线，而是彼此叠画在一起，于是，上层那只的前腿就像是大肋骨，穿过下层那只的胁腹。它们是不可分离的，彼此的身躯锁在同一个六角形里，上层那只的小尾巴与下层那只的茸角应和，上层那只侧面酷似燧石刻刀的长头，对着下层那只的后腿跖骨吹哨。它们正在创造一个单一的符号，它们正在围圈跳舞。

这幅画作即将完成之际，艺术家放弃了木炭，改用手指蘸着浓稠的黑色（游过泳后的头发颜色）沿着下层那只的肚腹和垂皮涂画皴擦。然后他对上层的那只依样行事，并将泛白的岩石沉积物混入颜料当中，减缓色彩的暴力性。

我一边画，一边问我自己，倘若遵循着驯鹿之舞的可见韵律，我的手是否就能和最初画下它们的手一起共舞？

直到今天，在这里还能遇见断裂木炭的碎屑，那是当初在画下某根线条时，掉落在地面上的。

肖韦洞窟的独一无二在于它的全然封缄。原先的入口室，宽敞，阳光也可渗入，在大约两万年前塌了屋顶。从那之后，一直到 1994 年，艺术家们与之诉说的黑暗，从洞窟底端掩袭而至，埋葬并保存了他们画下的一切。

钟乳石和石笋继续生长。在某些地方，方解石薄膜如白内障一般，遮覆了部分细节。然而，绝大部分的作品，依然保有最初那令人惊叹的鲜活。这种即时与直接，破坏了所有的线性时间感。

我爬上一处小悬岩，形状像胰脏的尖端，上面有两幅红色壁画，大概是蝴蝶。

我想起在剑桥垂死的安。她的丈夫，西蒙的父亲，是考古学教授。颇久一段时间以前，她夏天总是在新石器遗址旁露营，年复一年。

所以，如果年代正确的话，你眼前的这些壁画和维伦多夫的石雕女[1]是属于同一时期吗？

是的。

假使我的记忆没有搞错的话，我记得那尊雕像是用淡红色的石灰岩刻的。

没有搞错。

吗啡让你头脑不清。发现了很多燧石斧吗？

我不确定。大概有一打吧。

能制作出匀称的燧石斧，就已经是艺术的开端了。

我正想说这个。

我希望，此刻，就在此刻，安能从她的床上看见这只红蝴蝶。

好几群牲畜头朝西方。在它们当中，靠近动物的地方，

---

1 维伦多夫的石雕女：即"维伦多夫的维纳斯"（Venus of Willendorf），1908年在奥地利克雷姆斯城（Krems）附近维伦多夫小村发现的一尊新石器时代的女性雕像，高约11厘米，是用淡红色的石灰岩雕刻而成。

画了许多很小、很轻、显得极其遥远的动物。

干季时，一把结实的火，一旦点燃，就会迅速蔓延，让所有观看者感受到空气的席卷。

克鲁马农人的绘画不在乎边界。它流向必须流向的地方，沉淀、叠盖、淹没已经存在的形象，并不断改变它所运载的东西的尺度。克鲁马农人究竟是生活在什么样的想象空间呢？

对游牧民族来说，过去和未来的观念屈从于对他乡的经历。某种已经逝去或正被期待的东西，在另一个地方隐藏于他乡。

对猎人或猎物而言，生存的先决条件就是把自己藏好。生命依赖于找到遮蔽。万物皆藏匿。消逝之物即是已遁入隐藏之中。而缺席——就像死者离开之后——感觉像是遗失而非放弃。死者隐藏在他乡。

一只雄性的高地山羊，顶着与身体等长的弯曲犄角，用木炭画在泛白的岩石之上。该如何形容这描绘痕迹的黑色呢？它是重新确认黑暗的黑，是通向远古的黑。它正走上一道缓坡，它步伐精微、身形圆润、面孔平坦。每根线条都像抛掷出去的绳索那般自然，而这幅画作具有被完美共享的双重活力：一是化为当下存在的动物的活力，以及借由火炬之光用手臂和眼睛描绘动物之人的活力。

这些岩画就画在它们的所在之处，这样它们就可以存在于黑暗中。它们为了黑暗而画。它们隐藏在黑暗中，好让它们所具体表现的事物能比所有可见之物更为经久，并因此承诺，或许，幸存的希望。

他们画的东西像地图，安说。

什么地图？

黑暗中的友伴。

他们在哪？

在这，来自他乡……

7

马德里

Madrid

我正在等朋友胡安，我想，他可能会迟到。他的雕像却从不迟到；它们总是已然在那儿，神秘地等待着这场会面。胡安像个技工一样在一间小车库里工作，像躺在汽车底盘下面那样躺着工作；只有当他从下面爬出来、站起身时，他才会看手表。我们说好要在马德里丽池（Ritz）酒店的会客厅碰面。

这里有许多高大的棕榈树，会客厅入口处，是一家酒吧，以委拉斯贵支[1]命名。（我怀疑他是不是喝多了。）墙壁、柱子和年代久远的天花板，全都漆了一种泛白的黄色，不是油漆制造商所谓的象牙色，而是真正大象长牙的颜色——很接近老牙齿的颜色。会客厅的天花板高度，像是三只大象一只一只叠站上去的高度。

当你从街上走进来，等那些双层玻璃门关上之后，你会立刻在这里感受到一种对于财富的充耳不闻，那种感觉像海洋一样深沉，不是空洞的寂静，而是一种隔绝孤立。

铺有地毯的宽大楼梯以及楼上那些置有放大了好几倍但依然令人满意的剃须镜（为了完成这项挑战，光学实验室八成在这里工作了好几个月）的套房和卧室，全都散发

1 委拉斯贵支（Velásquez, 1599—1660）：西班牙 17 世纪最伟大的巴洛克画家，以肖像画著称，肖像画的主角包括皇室贵族与平民织女等。

着明白可见的宁静感。会客厅里虽然有些交谈的人群，但他们的声音是受到裹覆而微弱的，就像那两位端着托盘、托盘上摆满香槟酒杯的侍者的手一样，是戴着手套的。他们戴着白色的手套。

晚宴的第一批客人刚到达。这场晚宴是为了发展委内瑞拉的新经济，据说，该国的经济目前操纵在西班牙投资者手中。

这种隔绝孤立，让我想起那些简陋小镇的 Cma（蛾），以及监狱里永不停息的喧闹声。

晚宴的宾客大多三十几岁，有着冲浪式的笑容，控制自如的双眼，以及一种倾身向前介绍自己的姿势，活像以前雕在船头的破浪神。在这氤氲的宁静中，摄影师和记者备好了麦克风，等着那些答应出席的明星们现身。

离我座位不远处，有三位显然和这场晚宴无关的酒店客人，分别坐在两张沙发和一张扶手椅上，感觉就像在自己家里一样舒服。也许他们从没离开他们的家，而是像蜗牛一样时时背着它——活了很久而且有着古老名称的蜗牛。

侍者和摄影师都很关注他们宣称对其享有主权的领土。一楼的两张沙发中间，铺了一大块中国地毯，三人组其中一位，最年轻的那个，一边绕着中国地毯缓缓踱步，一边抽着古巴雪茄。

受邀出席这场新经济发展晚宴的男男女女，全是推广商，也许就是那种充满想象力的努力推广，让他们做出倾身向前的姿态。

也许，在漫长的一天结束之际，他们当中有某个人会在玻璃杯的反光中瞥见自己，然后，那种倾身向前的姿势将唤起一股令人麻痹的恐慌——害怕自己会往前倒下，平贴到别人脸上（类似的恐慌偶尔也可在帕金森氏症患者的脸上看到）！不过无论如何，在这个夜晚，当他们倾身向前，从戴了白手套的侍者送来的托盘上拿起香槟酒杯时，他们是充满自信的。

对那个抽古巴雪茄的男人而言，抽雪茄是为了减缓事情持续变糟的过程——至少是减缓他对这过程的意识。

一名女子，坐在我对面一张直挺挺的坐椅上，正在读书。和我一样，她也在等待某个迟到的人，她望向大门的次数比我频繁。我猜想，她正在等待某个她所爱的人，而她怀疑，他今晚恐怕不会出现。她的失望渐强，表现出来就是她投注于书本上的目光越发短暂。突然，她啪地合上书本，站起身，从为明星们准备的镁光灯间，走出去。

我看见他步下宽大的楼梯，房间钥匙在他轻轻捏握的拳头中摇晃。他握钥匙的方式，像是手里握着一只鸟。他头戴一顶格纹帽，身穿粗呢夹克，下着灯笼裤，脚上是厚毛袜和粗革皮鞋。他姓泰勒。我想不起他的名——或许是因为我记得那个名字意味着许多意思。不管他的名是什么，都唤起了围绕在他身上的许多谜团，尤其是，与他承受的失败有关的谜团。我总是称呼他“先生”（Sir）。

泰勒这会儿已经来到阶梯下，摘了帽子，正准备走进会客厅。当我用目光追随他时，他把脸看向别处。他很擅长用看向别处来逃避问题。他选了那名女子空下的椅子，她已经决定不再等待她的爱人。他拿起一份饮料和三明治的菜单，贴近前额，透过厚厚的眼镜片研究着。每次他掉了什么小东西，一截铅笔头或一块橡皮，往往都是我帮他在地板上寻找，因为他如果不弯腰蹲下就看不见。有次他的镜框断了，那是个非常寒冷的冬天，我用从药房买来的胶带帮他修好。那是 1932 年或 1933 年的事。那时我六岁。他把椅子转了方向，好让自己不面向我，然后跟侍者点了餐。

三人组沙发中间的一张上，斜靠着一位八十几岁的银发老妇，骨瘦如柴的双腿交叉着，一只鞋在拱起的脚上晃荡着。她或许是雪茄先生的母亲。她也在抽烟——她的烟装在一根长烟嘴上——以减缓事情持续变糟的过程。不过呢，因为年纪比他大，而且很可能是他母亲，她更为有信心，相信自己不会活着看到事情最糟的状况。

她脸上和颈项上的皮肤，历经无数次的手术之后，看起来宛如中国皱纹纸。她把头枕在靠垫上，呼出烟时轻轻抬起下巴。她的左手沿着沙发的长靠背垂下，手臂上的肉松垮垮地悬在三根骨头上。她戴了半打金手镯和一条珍珠项链。

很难看出那珍珠的真假，就像很难猜测她究竟是来自马戏班还是大城堡。这两种出身都可能造就她那特有的恣肆，其中充满了鄙视与骄傲，那是她还没失去且决心要满足的胃口。

也许喀耳刻[1]在埃伊亚岛上的模样就是这般，而非数百年后，她在文艺复兴绘画中被描绘的形象。

三人组的第三个成员是喀耳刻的知心好友——至少在那个晚上是，也许是一生，谁知道呢？也许她是她的姊妹，

1　喀耳刻（Circe）：希腊神话中的女巫，住在埃伊亚岛（Aeaea）上的一座宫殿里，能用药草将人变猪。见于《奥德赛》。她与奥德修斯生有一子，名为忒勒戈诺斯（Telegonus），后文提及。

帕西法[1]，那个和克里特公牛发生恋情生下怪兽米诺陶洛斯的帕西法。因为她的体型，很难揣测这个瘫陷在沙发旁巨大扶手椅里的人有多大年纪。她的巨大似乎就像时间一样无限。她有七根手指戴了戒指。她的脖子就像一位纤纤女子的腰一般粗。她不时会带着保护意味地瞥向喀耳刻。和她的姐妹比起来，她的表情里没那么多鄙视，因为其他人较少侵犯她。她只注意那些走近她的人，这样就可以忽略她出现在任何公共场合必定会引来的一大堆瞠目结舌的好奇眼光。

她已经学会如何回答那个不断缠扰她的问题：我在哪里？如今她对答案已了然于心：我在这里，我在这里，在我自己的中心里。这是她的恣肆。

侍者端来泰勒点的东西：冰桶里的一瓶白葡萄酒，以及银盘上用欧芹点缀的三明治。

一位女演员，在三名男子的伴随下，穿着露背裙，以登场的姿态走进会客厅。她华丽地挺着怀孕的肚子。回答记者问题时，她温柔地举起一根手指在肚子上轻触了一下，

1 帕西法（Pasiphae）：希腊神话人物，喀耳刻的姐姐，克里特岛米诺斯国王的妻子。米诺斯国王曾许诺将一头俊美的公牛献给海神波塞冬，结果食言未果，波塞冬一气之下，作法让帕西法爱上那头公牛，并生下半人半牛的怪兽米诺陶洛斯（Μινώταυρος，Minotaur），下文提及。

说道：六月中旬！全场鼓掌欢呼。

一位侍者问我是否要点些东西。我点了。过了一会儿，我听到泰勒的声音：你的发音居然一点也没有进步，真叫我遗憾。你正沉迷在西班牙语里，就像你一度沉迷在英语里一样，他说。

我已经尽我最大的努力了，先生。

你没有听其他人怎么说话。你从不对自己说：他说得很好，所以我该仔细倾听，学习如何说话。

我无时无刻不在倾听，先生。

你听得不够耐心。

我可以听上好几个小时。

既然如此，那你的发音为什么还这么糟？

我听不懂他们的话，先生。

正是。

在这场对话中，泰勒啜着他的酒，没有朝我坐的位置瞥上一眼。喀耳刻兴味盎然地瞄着他。她大概正在对自己说，他只有她的一半年纪，而他显然是个标准的绅士，绅士到他会忽视这一差别。

如果你们想接到球，泰勒在绿色小屋里向我们解释，千万别试图在空中拦截，而是要仔细看着它飞过来，然后用手顺着球的来向把它接起来。小屋的屋顶是用波浪铁板盖的，漆着绿色。有一扇安装很糟的门和三扇小窗户。里头没有暖气也没有水。泰勒和我每天用他的车子把水载来。那我们是怎么大便的呢？我不记得了。也许外面有个茅坑之类的吧。隐约记得在那里吐过一次。这间位于牧场边缘的小屋是我们的学校。不过，没人这样给它归类，因为泰勒坚称，他不是公办学校教师，而是私人教师。绿色小屋里的私人教师。

来了一位年轻的政府官员。他正在检视会客厅，看看还有谁在那里。他马上就会做出决定，究竟是要立刻登场，还是先在委拉斯贵支酒吧里等一会儿。他的随扈也在仔细检视会客厅、入口大厅和酒店接待台里的每一个人。对他们而言，去辨识一张面孔，或是去锁定某人，已经变成一种令人心烦意乱的事，因为枪声与拳头可能来自这世界上的任何人与任何地方。

我是在绿色小屋的泰勒眼前，在这个此刻正坐在马德里丽池酒店会客厅里吃着以欧芹点缀的三明治的泰勒眼前，第一次学会写字。先前，在幼儿园时，我学会拼字，从A到Z的每一个字母，它们属于我挚爱的莉莉（Lilles）老师，像是她那坦率、漂亮、圆润的身体上的痣或胎记或美人斑。

然而，拼字并非写字，我在绿色小屋上课的第一天，泰勒就向我指出了这一点。写字牵涉到拼字、成直行、间距、单词的正确斜度、边距、大小、字迹清晰、保持笔尖干净、别弄出墨渍，以及在练习簿的每一页上展现良好习惯的价值。

我们是群六岁的男孩，全都来自不同家庭。伍德、亨利、布莱格登、鲍斯–莱昂。还有一个名字我忘了。每一堂课，我们都坐在同一张小桌旁。泰勒不是一边走动一边从我们肩膀上俯视我们，就是站在工作台后面，在那张工作台上，我们一周学两次木工。

大多数的教育机构都是神秘的，或许是因为教导和愚行乃是一体的两面。绿色小屋也不例外。直到今天我还是不知道，那地方到底是怎么开始的，在我被送去那里之前它已经存在多久，还有泰勒究竟是打哪儿来的。他辅导小男孩进入公认的好学校。我不认为我父母和其他父母一样，曾为此付出任何费用。我想他是要在我母亲的小咖啡馆里免费用餐，作为交换，他辅导我的英文，让我有可能成为一名小绅士。我们两人都知道这是个不可能实现的计划——我跟着他念了两年半的书——这是我俩的秘密，这秘密让我们以一种奇怪的方式成为同谋。

你会把你的人生搞得一团乱。

为什么，先生？

因为你没法把木头锯直。

扶住很难，先生。

并不难，只是因为你害怕那些锯齿。你害怕把你的拇指锯掉吗？

不，先生。

那就锯直它。

除了木工之外，我们也学算术、几何、拉丁文、绘画、皇室历史、地理、物理和园艺。

你怎么拼风信子（hyacinth）？

里面有个“y”，先生。

当然。但那个“y”要摆在哪里呢？你太急躁了。先把问题想清楚。要仔细掂量。

冬天，在绿色小屋里，我们六个全都冻得不行。小屋里只有一只便携式煤油炉，没别的了。而且有些时候，煤油罐还是空的。泰勒会假装他忘了，因为他宁愿我们以为他心不在焉，也不要我们知道他破产了。我们的鼻子通红，手指脚趾长满冻疮，湿透的手帕塞进短裤的裤袋里。一、二月时，泰勒经常裹着一条织得松松的毛线围巾，颜色吓坏了我们：带着粉色小斑点的白色和淡紫色——就像当鼻血止住后你在手帕上看到的混着鼻涕的颜色。

下午在小屋上完最后一堂课后，他会开车载我回他家，然后我再从那里搭巴士回我家。在他车里坐他旁边时，他会把围巾分我一半。

这围巾是打哪来的，先生？

你问题太多了。你这么做是为了引人注意。

我是因为有兴趣，先生。

你对什么都有兴趣，这就是麻烦的源头。把围巾这头儿围住，安静，手套戴上。

喀耳刻站起身，轻轻拂了一下她的头，甩了甩头发。

Señor（先生），她问泰勒，你觉得这里的三明治好吃吗？

面包切得有点薄，但其他方面倒都不错，Señora（夫人）。

她毫不害羞地盯着他；他那优雅而悲伤的回应，让她可以这么做。

泰勒的车是一辆奥斯汀 -7。这款车的车顶是某种帆布，带有折叠式托架。冬天的早上，他得靠转动曲柄才能发动它。我坐在驾驶座的最前端，以备引擎挂上火的时候，我的右脚能踩到油门。有时这得花上我们十分钟的时间。

我冻得直发抖，他，胡子都结了霜。

泰勒住在一栋洋房一楼的两间出租房间里，洋房有座玫瑰花园，但他不能插手照料。那栋洋房是一位寡妇的，我偶尔会瞧见她穿着一件毛皮外套或鲜花图案的夏装。她和泰勒一样是天主教徒，正因为如此，她才同意把两个小房间租给泰勒。她准许泰勒把车停在车道上，但只能停在固定的位置，也就是房子后面厨房门旁边放垃圾箱的地方。

我们明天就要离开，喀耳刻说，一边摸着泰勒粗呢夹克的肩部，去韦斯卡[1]。Señor，我想你会喜欢阿拉贡的。你想跟我们一起去吗？

雪茄先生——忒勒戈诺斯[2]，如果他真是金发夫人的儿子的话——正在帮帕西法离开她的椅子站起来。那是一场奋战，得把她的两根拐杖撑在手肘下方，帮助她站直。她刚站稳，立刻就转向泰勒。

我想你会很乐意看到我们的马，她说。

---

1 韦斯卡（Huesca）：西班牙东北部阿拉贡（Aragon）地区的一座古城，前罗马时代即已存在。该城同时也是西班牙内战期间佛朗哥将军长枪党的重要据点之一，共和派军队曾包围该城，爆发激烈战事，但始终攻占不下。英国小说家奥威尔也曾参与该场战役，并在《向加泰罗尼亚致敬》一书中，写下“明天我们将在韦斯卡喝咖啡”的名句。

2 忒勒戈诺斯（Telegonus）：希腊神话中，奥德修斯和喀耳刻生的儿子，参见 187 页注 1。

再一次，我很好奇他们究竟是来自马戏班还是大城堡。

泰勒承租的两个小房间闻起来都是他的雪茄味，和绿色小屋一样。那时他抽的牌子是 De Resque Minor。他在两个房间的窗台上用木箱子养了花。壁炉台上的平底玻璃杯里，经常插着植物插条，每只酒杯上都贴了标签，用他一丝不苟的浑圆笔迹写上植物的名称：红石竹，香矢车菊，夹竹桃，燕草。

如果当时我能记得其中一种的拉丁文名称，只要一种，一定会让他很开心，不过在这里，在他的住处，可以把课堂上的事抛诸脑后。因此，燕草依然是燕草。在绿色小屋里，泰勒要求我们用功和服从；哪怕是他所谓的“松懈”的最轻微的苗头，也得接受惩罚，他会用吊在柜子旁边挂钩上的紫杉树枝敲打我们的指关节，那个柜子是用来放尺子和练习簿的。不过在他的两间起居室里，松懈无人理会，他要的只是安静与陪伴。

他在一片吐司上涂了蜂蜜——是一位养蜂朋友送他的——放在煤气炉前烤了一下，然后盛在一只手绘盘子里递给我。

这盘子是我朋友画的，他说。你认得出是什么植物吗?

认不出，先生。

这是所谓“草莓树”的花。

长在树上的草莓吗？先生。

他没费力气回答。

泰勒自己画素描。他总是用HB铅笔画。都铎式[1]小屋、教堂、车道、柳树、绵羊、delphiniums（飞燕草）的速写。有些素描已经印成了明信片。

你卖这些明信片吗，先生？

我是为朋友印的，可以当成小礼物送他们。

没人可以帮助他，当我坐在他煤气炉前的柳条椅上，一边用力搓着我的冻疮，一边吃着蜂蜜吐司时，我这样对自己说。他太老了，而且他身上的毛发太多了。

帕西法拄着她的两根拐杖正在走过前台。大家纷纷让路给她，当她停下来喘口气时，他们全绕着她移动，仿佛她是个自然地标。她的恣肆让他们自在以对。

她死了吗？

你在说谁？泰勒问。

我朝他床边的照片点了点头。

1 都铎式：都铎王朝时期的风格。都铎王朝（Tudor Dynasty），统治时间自1485年至1603年，即自亨利六世入主英格兰、威尔士和爱尔兰，至伊丽莎白一世去世，共历五代君主。

不要，千万不要，他说，谈论你在别人床头柜上看到的东西。如果你想，你可以研究它——他拿起相框，放到我手上——如果你愿意，你也可以记住它，但千万别说什么，因为没什么好说的。没什么。

最后，电视明星终于到了。酒店外有许多人在街上站了将近一小时，只为了能瞧上她一眼。她很娇小，比他们想的更娇小，完美，波浪翻腾的黑发，银装素裹。闪光灯来自四面八方。在这个荧屏外的即兴时刻，每个人都希望能发现某些名气外的东西，某些和我们等同的东西。比方说：她和我们一样会放屁。但与此同时，我们又期盼事实刚好相反：期盼她确实完美无比，完美到超乎任何单一个人所需的分量，因此她或许可以丢一些给我们！

泰勒从口袋里掏出一本便笺簿，开始画会客厅里的一棵棕榈树。

就在这一刻，在他开始作画的这一刻，我记起了他的孤独所具有的重量。或许是因为我年纪小，和我在一起时，他觉得无须伪装或隐藏。无论怎样，他的眼镜扩大了他眼神里展现出的孤独。这个教我写字的人，是第一个让我意识到了什么是无可弥补的丧失。

帕西法拄着她的拐杖从委拉斯贵支酒吧回来。她在那里喝了酒吗？她走到座位旁边后，就有一个怎么坐下的问题。忒勒戈诺斯已经准备好了，但为了安全起见，最好两边各有一个男人，于是，她瞥了泰勒一眼，泰勒随即走过去，从她庞大的手肘下方，抬起她巨型的手。

你是艺术家吗，Señor？

不是，消遣而已，Señora。

电视明星已经在吉他手的伴奏下开始演唱。那旋律非常年轻，又非常古老。她就这样简单地唱着，双眼轻合，银色臀部静定不动，一双红唇紧贴着麦克风。

在树干上

年轻女孩满心欢喜地

刻下她的名字……

你就是那个刻进我树皮的她……

泰勒五十多岁的时候去世，那时二次大战刚刚结束不久。

泰勒的死，牵涉到一宗煤气起火，或房屋烧毁，或汽车在密闭车库里继续空转的意外情节。细节我忘了，因为这些细节似乎在告诉我，这个一丝不苟、整齐井然、生硬害羞的男人，这个相信高尚品格比世上任何东西都更重要的男人，是因为轻率疏忽而死——或甚至是结束自己的生命。细节还是忘了比较好。

我们马上就要走了，喀耳刻撑在他的手肘上轻声地说。我们的车很大，有足够的空间放你的行李。

我的行李很少，Señora。

所以你愿意来画我们的马啰？帕西法问道。

画阴影的时候，千万别乱涂。清楚吗？你要慢慢画，把一条线画在另一条线旁边，然后下一条，再下一条。这样，你就能画出以网格线构成的阴影。然后，你的线条就会和速写交织（weave）融合。动词：to weave（交织）。过去分词？

Woven，先生。

胡安来到我身后，用双手蒙住我的眼，要我猜他是谁。

8

浚河与清河

The Szum and the Ching

我们到了——如果你还在跟着我的话。我们不再往下走了。我们已经到了那栋没有门阶的房子，在他们所谓的“小波兰省”（Little Poland）。

我时常觉得路标像是在讲一个童话故事——之字路，小心跳鹿，十字路，铁路平交道，环岛，落石，陡坡，小心游荡牛群，危险转角。

这些警告的内容，如果和人生可能遭遇的危险比起来，似乎简单容易得令人毫不疑虑。

很难形容，当你开车驶过柏林继续往东，你会在天空上看到什么变化。你会开始注意到，所有垂直之物都以一种不同的方式对抗着平原的单调平坦：木篱，站在田野中的人，偶尔出现的马，森林里的树。你在天空中看到的距离，诉说着和之前不同的事；在这里，距离宣告着，再过个几千公里，平原将变成大草原——而在大草原上，距离将有如山之海拔一样危险而充满挑战。

大草原上的树，就像某些高山——例如南方的喀尔巴阡山脉[1] ——上的树种一样，长得较为坚韧矮小，好借此抵抗寒冬。有些大草原上的桦树，甚至不及一只狗高。高山上的酷寒来自海拔的高度，大草原的凛冽则源自遥远的距离，源自大陆的水平延伸。

越过奥得河[2]后，这种延伸，这份扩展，就已经注定如此了，尽管在那里还不存在。天空压向大地，划出新的边界。

我骑着摩托车，沿连接华沙与莫斯科的主路东进。双向车流量都很大。再过几年，这里将变成高速公路。这条道路绕过或是横穿了许多森林。在北边的那些森林里，夏日之光是绿色的，云杉的树干越长越高，看起来就越来越像覆了羽毛的橙色。这些红云杉的树梢之于鸟儿，或许就像珊瑚之于鱼。

---

1 喀尔巴阡山脉（Carpathians）：阿尔卑斯山脉的东部延伸，位于欧洲中部，全长1450公里，从斯洛伐克布拉迪斯拉发附近的多瑙河谷起，经波兰、俄罗斯边境到罗马尼亚西南多瑙河畔的铁门，呈半环形横卧大地。可以划分为西喀尔巴阡山（右可分为外、中、内三部分）、中喀尔巴阡山、东喀尔巴阡山、南喀尔巴阡山、比霍尔山地及特兰西瓦尼亚高原五段。

2 奥得河（Oder，Odra）：波罗的海水系中仅次于维斯图拉河的第二大河，中欧东部的重要河流，全长854公里，742公里位于波兰境内，约有187公里长的中游地段构成波兰和德国的界河。

进入我们人生的生命数量是无法计算的。

一群年轻女人站在路肩上，迷死人的打扮，侧着翘臀，引诱从西方开车驶来的司机。一个男人，开着一辆老得散架的奔驰123，停了下来。波兰人把这款车叫做beczka，意思是“汽油桶”。司机是个乌克兰人，看起来也像个汽油桶。大多数的女孩都是罗马尼亚人。交易以美金现钞支付。

成交，她说，一边伸出手等着收钱。

事后付，他说，拒绝现在给钱。你叫什么名字？

穿着露背装的她，不解地耸耸肩。

他指着自己，用拇指点了一下胸膛，米哈伊尔，他说，我叫米哈伊尔。你呢？

她摇头，对着驾驶镜检查自己的脸。

你的名字？

她用英文回答，只要碰到她觉得最好是赶紧撤退的情况，她就会祭出那句英文。“I dunno”（我不知道）[1]，她说。

够了，他打开车门，要她出去。然后飞快开离现场，车轮扬起一片尘埃。

另一个年轻女人从树林后面走出来。她握着一个老男人的手，老男人戴着一顶插了羽毛的毛毡帽。这两个女孩

1　正确拼法为“I don't know”。

一起在这座森林里的一小段直路上工作。

嗨！莱努察（Lenuta）！牵着老男人的那个女孩，大声喊着没和乌克兰人成欢的那个女孩。你知道那些杂种做了什么吗？

什么？

他们偷了他的车。我带他去森林。我带他回来，然后车就不见了。一辆新的宝马 525。

他责怪你了吗？

他是个德国人，我觉得他快心脏病发作了。

他付钱了吗？莱努察问。

另一个点点头。

那你快离开他！

另一个拉下脸，耸耸肩。

不然把他交给我，莱努察说，你去找珍妮——也许叶夫根知道车子的事。

那男人瘫坐在一堆羊齿草上。他盯着脚上的靴子，一只手按着胸膛。莱努察把他的羽毛帽摘下，握住帽沿，替他扇风。气温四十摄氏度。

一位老妇人带着一名小男孩从森林里出现。她的手指染成紫色。小男孩拎着一只超市塑料袋。他们刚采了蓝莓。再过不一会儿，那个男孩就会带着四个一公升装的罐子坐在路边，把他们刚采来的黑色果实装进去。

我有个朋友是位动物行为学家。不久之前，她花了好几年的时间，研究比亚沃维耶森林[1]里的狼群，那座森林约在这里往东两百公里处。一连几个月，她以无比的耐心和毫不畏惧的态度，小心翼翼地接近那些狼，直到它们接受她，直到它们对她的好奇心强过顾虑。她叫德斯皮娜（Despina）。有天清晨，被她叫做希伯（Siber）的领队走到她身边，示意要她跟着他。她依令行事。他领着她慢慢穿过森林的矮树丛，并不时回头看她是否跟上，他们来到一处小土穴，在那儿他的母狼不久前刚产下幼崽。现在小狼已经两周大了，而那个早上，狼妈妈正准备带他们离开土穴，去认识狼群里的其他成员，其他三只狼站在母狼的前方，等待着这场会面。希伯和他的同伴呼唤小狼出来。

---

1 比亚沃维耶森林（the Białowieza forest）：位于波兰和白俄罗斯边界的古老森林，被专家们称为欧洲低地区的最后一片原始林。目前已列入世界自然遗产保护名单。

嗷嗷……嗷嗷……嗷。他们一只只出现，眼睛搜寻着。等小狼长到三周大时，就会开始对所有不被认作狼群成员的生物产生戒心，所以必须在现在这个时刻让他们碰面。而希伯希望德斯皮娜见证这一时刻。

别靠那些女孩太近，祖母如此叮咛她那带着蓝莓罐的孙子。离那些罗马尼亚女孩远一点，不然，如果车上有女人的话，她们是不会让男人停车的。

这片土地上的每个人都在卖东西，或者想卖东西。接近黄昏时分，六十几岁的男人站在大城镇路边的街石上，举着一块牌子，上面写着：POKOJE。他们想把小公寓或小房子里的客房卖给某个过路的旅人过夜。

每罐蓝莓八兹罗提。

宝马找到了。那个德国老男人掏出好几百兹罗提。他再度戴上他的羽毛帽，并不停检查他的汽车轮胎——或许是想确认它们没被掉包。

道路笔直，城镇之间距离遥远。天空压向大地，划出新的边界。我想象着一百五十年前在卡利什[1]和凯尔采[2]之间旅行。在这两个名字之间总会有第三个名字——你的马的名字。你的马的名字，永远是介于你正在去往的城镇与你撇在身后的城镇之间。

我看到通往塔尔努夫[3]的标志指向南方。19世纪末，亚伯拉罕·布雷迪乌斯（Abraham Bredius），第一个为伦勃朗的画作进行现代编目的编者，在这里的一座城堡发现一幅油画。

"我看到一辆尊贵华美的四轮马车打我旅馆门口通过，从门房口中得知那是塔尔努夫斯基伯爵（Count Tarnowski），他几天前刚与迷人的波托契卡女伯爵（Countess Potocka）

---

1 卡利什（Kalisz）：波兰中西部古城，自古罗马时代就已存在，中世纪时曾是大波兰地区最富有的城镇和文化中心之一。目前为该地区工业和商业重镇，同时是西里西亚地区的钢琴工厂和传统民俗音乐要地。

2 凯尔采（Kielce）：波兰中南部大城，12世纪由克拉科夫主教创立，是该地区重要的石灰岩采矿地和毛皮肉品贸易中心。18世纪后期到20世纪初，分别由奥地利、俄罗斯和波兰统治。二次大战期间为德军占领，直到战后才由苏联夺回归还波兰。

3 塔尔努夫（Tarnów）：波兰东南部小波兰省的城市，有波兰最热城市之称。12世纪建城，15世纪中叶起进入大量犹太移民，到二次大战前夕，该城约有半数居民是犹太人，他们掌握着该城的主要商业活动。二次大战期间，该城犹太人曾组织犹太反抗运动，以对抗纳粹德国，1943年纳粹决定摧毁该城的犹太区，到战争结束之际，该城的犹太人几乎尽遭屠杀。

订婚，她将带给他一笔可观的嫁妆，不过那时我根本不知道，这男人竟然还是个幸运之士，拥有我们这位大师最超凡的作品之一。”

布雷迪乌斯离开旅馆，搭火车经过了一段漫长又艰苦的旅程，终于抵达伯爵的城堡——他抱怨道，有好几英里路程，火车的速度简直慢得跟走路一样。在那里，他发现一幅画着马匹和骑士的油画，他毫不怀疑那就是伦勃朗的作品，并认为那是被遗忘了一个世纪之久的杰作。这幅画的名称是《波兰骑士》(*The Polish Rider*)。

今天没人明确知道，对于画家而言，这幅画代表了什么人或什么事。画中骑士的外套是标准的波兰装—— kontusz。骑士的帽子也是。或许正因为如此，一位阿姆斯特丹的波兰贵族才会买下这幅画，并在 18 世纪末带回波兰。

我第一次在纽约的弗里克美术收藏馆[1]——该画的最后落脚处——看到这幅画时，觉得它可能是伦勃朗爱子提多（Titus）的肖像。从当时直至现在，这幅画对我而言，

1 弗里克美术收藏馆（Frick Collection）：为纪念长期资助艺术领域的钢铁和焦炭工业家亨利克莱·弗里克而建，建于 1913—1914 年，位于纽约第五大道弗里克大厦内。收藏有大量油画、雕塑及装饰品。

似乎都是一幅关于离家的画。

更具学术性的理论指出，这幅画的灵感很可能来自波兰人约纳斯·斯利茨汀（Jonaz Szlichtyng），在伦勃朗时代的阿姆斯特丹，他是异议分子圈里的一名反叛英雄。斯利茨汀所属的宗派遵循16世纪锡耶纳[1]神学家莱博·索兹尼西（Lebo Sozznisi）的理论，他否认基督是神子的说法——因为他认为宗教应该停止一神论的传统。假使这幅画的灵感真是来自斯利茨汀，那么伦勃朗便是在呈现一个基督式的人物，他是个人，也只是个人，他骑在马背上，准备出发去迎接他的命运。

你认为你快到可以摆脱我了吗？当她在凯尔采第一个红绿灯口停在我旁边时问道。

我注意到她把鞋子踢掉，光脚踩在踏板上。

我没想把你丢在后面，我说，挺直背，双脚搁在地上。

1　锡耶纳（Sienes）：意大利重要城市，位于佛罗伦萨南部约50公里，现为锡耶纳省的首府。始建立于公元前29年，历史上是贸易、金融和艺术中心，13世纪时该城与其哥特式建筑皆盛极一时。16世纪中叶起转由柯西莫一世·德·美第奇统治，成为托斯卡纳大公国的一部分。锡耶纳是一所独特的中世纪城市，它真正影响了中世纪的艺术、建筑和城市的规划，不仅影响了意大利而且影响了大部分欧洲。

那你为什么骑那么快?

我没回答，因为她知道答案。

速度里有一种被遗忘的温柔。她有个习惯，开车时，会把右手从方向盘上举起，如此一来，她的头不必移动半寸，就可以看到仪表板上的数据。而她右手的这个小动作，就像一位伟大的管弦乐团指挥家那样利落而准确。我爱她的确信无疑。

她活着的时候，我叫她莉兹（Liz），她叫我麦特（Met）。她喜欢莉兹这个小名，因为在她此前的生命中，响应这么一个粗鄙的简称对她而言是多么不可思议。“莉兹”意味着被破坏的法则，而她崇尚破坏法则。

麦特是圣埃克苏佩里（Saint-Exupéry）[1]小说中一位领航员的名字。也许是出自《夜航》（*Vol de Nuit*）。她书读得比我好多了，但我的街头智慧比她棒，也许是因为这样，所以她给我取了个领航员的昵称。叫我麦特这想法，是有

1 圣埃克苏佩里（Saint-Exupéry，1900—1944）：法国作家，职业飞行员。生平只创作了五部篇幅不大的小说，但广受好评，特别是创作于1943年的《小王子》——这也是他最后一部作品。后文提到的《夜航》创作于1931年，获费米娜奖。1944年在一次飞行任务中失踪。

次她驾车穿越卡拉布里亚[1]时想到的。只要我们一下车，她就会戴上一顶宽边帽。她痛恨晒黑。她的皮肤就像委拉斯贵支时代西班牙皇室成员的皮肤一样苍白。

是什么把我们聚在一起的？表面看来像是好奇心——我们两个几乎每一方面都天差地别，包括年龄。我们之间有太多的第一次。然而把我们拉在一起的更深层原因，是同一种心照不宣的悲伤。没有自怜的成分。要是她在我身上曾感受到任何一丝自怜的痕迹，她早就把它灼烧掉了。而我，如同我所说过的那样，我爱她的自信，自信与自怜是无法相容的。我们的悲伤，像是满月之犬的疯狂嚎叫。

基于不同原因，我们两人都认为，风格必然与带着一点点希望生活有关，而你不是活在希望中，就是活在绝望里。没有中间路线。

风格？某种轻盈。排除某种行动或反应的羞耻感。某种蕴含着优雅性的命题。相信在任何事物里都可寻找或找到某种旋律。然而，风格是脆弱的。它来自内在。你无法从外面获得它。风格和流行或许做着同样的梦，但它们的

---

1 卡拉布里亚（Calabria）：旧称布鲁蒂姆（Bruttium），是意大利南部的一个大区，包含了那不勒斯以南像“足尖”的意大利半岛，面积15080平方公里，人口205万。

创造方式截然不同。风格关乎一个不可见的承诺。正因为如此，它需要以及鼓励一种忍耐的才能，一种对于时间的安然，它也会反过来助长这种才能与安然。风格非常接近音乐。

夜晚，我们静默不语地听着巴尔托克[1]、沃尔顿[2]、布里顿[3]、肖斯塔科维奇、肖邦、贝多芬。数百个夜晚。那还是三十三转唱片的时代，唱片得用手翻面。而那些动手将唱片翻面的时刻，以及那些将钻石唱针慢慢放下的时刻，是饱含幻觉、充实、感激和期盼的时刻，只有另一种同样无言的时刻可相比拟：我们一上一下交缠做爱的时刻。

那么，为何嚎叫？风格来自内在，但风格必须从另一个时代借来保证，然后将这保证借给当下，而借用者必须留下另一个时代的抵押品。热情的当下太过短暂，短到无法产生风格。贵族气的莉兹向过去借取，而我，则借自革

---

1 巴尔托克（Bela Bartók，1881—1945）：匈牙利现代主义和民族乐派作曲家，创作有多部管弦乐和室内乐作品，并搜集整理了大量东欧特别是匈牙利的民谣。著名的《罗马尼亚舞曲》即是他的作品。

2 沃尔顿（William Walton，1902—1983）：英国作曲家。其风格在继承了浪漫主义的基础上融入了现代因素。创作有交响曲、多部提琴协奏曲，并为电影配乐。

3 布里顿（Benjamin Britten，1913—1976）：英国作曲家、钢琴家。一生创作众多作品，风格、形式多样，取材广泛，兼备现代、新古典主义风格与中世纪神秘色彩。

命性的未来。

我们两人的风格出乎意料地接近。我不是考虑到日常衣着或品牌名称。我回想起的是我们如何穿越被雨水淋湿的森林，以及我们如何在凌晨时分抵达米兰的中央火车站。非常接近。

然而，当我们深深望进彼此的眼睛，蔑视蕴藏其中的危险时——我们对这危险知之甚详——我们也都理解到，那些向其借取的时代都只是虚妄。这就是我们的悲伤。这就是夜犬嚎叫的原因。

绿灯亮了。我超过她，她跟在后面。当凯尔采被我们留在身后，我做出我将要停车的手势。我俩沿另一座森林的边缘停下，比上一座更黑更密的森林。她的车窗已经摇下。她那些轻柔纤细、聚拢在耳后的鬓发，非常优美地纠结着。优美，是因为我需要无比的优美灵巧才能用手指解开它们。她在仪表板的小柜四周，插了不同颜色的羽毛。

麦特，她说，你记得吗，一连有好几天，我们逃离了“历史”的粗鄙。然后，过一会儿，你就想回去，撇下我不管，一次又一次。你上瘾了。

对什么上瘾？

你上瘾了——她用手指轻轻摸着那几根羽毛——你着魔于创造历史，而且你选择漠视这个事实，漠视那些相信自己正在创造历史的人已经握有权力，或想象自己握有权力，而那些权力，那些和长夜漫漫一样明确的权力，麦特，终将让他们昏头！差不多只要一年，他们就会搞不清自己正在做什么。她让手垂到大腿边。

历史必须去忍耐，她继续说，必须以骄傲去忍耐，一份荒谬却也——天知道为什么——无敌的骄傲。在欧洲，波兰人是这种忍耐的专家，有好几百年的经验了。这就是我喜欢他们的原因。自从战争期间我遇见303航空队的飞行员后，我就爱上了他们。我从不质疑他们，我倾听他们。当他们邀请我时，我就与他们跳舞。

一辆木板车载着新砍下的木材从森林里出现。拉车的两匹马满身汗沫，因为车轮深深陷进森林小径的软泥中。

这块地方的灵魂与马关系深厚，她说，笑着。而你和你那著名的历史法则，也无法比托洛茨基更清楚该怎么给马按摩！也许有一天——谁知道呢？——也许有一天，你会放弃你那著名的历史法则，回到我怀里。

她做了一个我无法形容的姿势。她把头轻轻偏开，让我看到她的头发和后颈。

假如你必须选一段话当你的墓志铭，你会选什么？她问。

假如我必须选一段墓志铭，我会选《波兰骑士》，我告诉她说。

你不能选一幅画当墓志铭！

我不能吗？

有人帮你脱靴子真是一件美好的事。“她知道该怎么帮他脱鞋”是一句带有赞美意味的俄罗斯谚语。今晚是我自己脱掉的靴子。一旦脱下之后，这双摩托车靴就显得与众不同。它们与众不同，并不是它们在某些部位有金属作为保护，也不是因为它们在鞋尖地方加了一块皮革好减轻因不断轻踩变速踏板而造成的磨损，更不是因为它们在靴勒周围有一道磷光标志，让骑手们在后方车辆的头灯映照下可以有更高的能见度，而是因为，脱下它们，我就可以感受到我们共同骑过的好几千公里，它们和我。它们可说是让我幼年时十分着迷的七里靴[1]。我想穿着它们去到天涯海角，因为甚至从那时起我就梦想渴望着道路，虽然那时

1 七里靴（the seven-league boots）：经常出现在欧洲各国童话故事里的神奇靴子，穿上的人可以以一步七里的速度飞快前进。

道路也让我惊恐万分。

我像个小孩那样爱着波兰骑士那幅画，因为它像个见闻广博且从不想睡觉的老人所讲的故事的开头。

我像个女人那样爱着那名骑士：他的沉着、他的骄傲、他的弱点、他大腿的力量。莉兹是对的。很多马匹穿越梦想来到这里。

1939 年，波兰骑兵队手持佩剑冲向入侵的德国闪击部队。17 世纪时，“飞翼骑兵”[1]宛如东部平原的愤怒天使那般令人畏惧。然而，马的意义不限于军事才能。数百年来，波兰人不断在外力的逼迫下行旅或迁移。道路穿越他们那缺乏天然疆界的国土，永无尽头。

骑马者的习惯依然可在波兰人的身体或动作上偶尔见到。当我坐在华沙一家披萨店里，看着那些一辈子从没上过马或是甚至从没摸过马的男男女女、那些喝着百事可乐的男男女女时，我的脑海中突然浮现起右脚踩住马镫，左腿骤然昂起的姿势。

我像个失去了坐骑却得到另一项威力的骑士那样爱着

---

1 飞翼骑兵（Winged Horsemen）：16 世纪初至 18 世纪初波兰轻骑兵的外号，以快速骁勇闻名。

波兰骑士的马。送礼用的马牙齿较长——波兰人称这种老马为 szkapa ——但那是一只忠诚度经过证明的动物。

最后，我爱那风景的邀请，无论它通往何处。

它已通向戈雷茨克（Górecko）村，在现在名为小波兰的地区的东南部，距离乌克兰边境二十公里。

村里的石头街道布满尘灰。村里有两家店铺，以及沿着一条杂草丛生的小径穿过森林，还有一间教堂。村子中央，靠近春天长满野芦笋的圣母圣龛附近，有座碧波盈盈的小蓄水池。村民在20世纪60年代开挖修建了这座蓄水池，作为小型水力发电计划的一部分——这一计划系由当地教士起草，为给这座小村带来电力。计划没有成功，但由于教会插手干预，祭出“苏维埃+电力=共产主义”这条公式，迫使当局通过国家电网系统为此区供电，这一结果可能比当初他们自己动手做要来得快。今天，当某匹役马受惊发狂时，村民会合力将它放进蓄水池里站上几个小时，直到它冷静下来。

村里的房子大多是两房式的木制农舍小屋（chatas），两房中间有座暖炉（冬天这里的气温会降到零下二十摄氏度），一道烟囱打屋顶中央伸出。四扇小窗户都是双层的，两架窗框中间经常会摆上一盆可爱的植物。木篱笆圈住菜园，里面种着甜菜根、圆白菜、马铃薯、韭葱。有些农舍小屋经过扩建，安装了暖气设备以及木柱门廊。不过土地依然是原本那一小块，而用来改善祖父母房舍的钱，则是从德国或芝加哥赚来的。

我朋友米雷克（Mirek）的房子远离村落，位于主要道路的另一边。过去的七年里，米雷克以非法移民的身份在巴黎建筑工地当苦力。他是一名训练有素的森林工程师。我从他那里学到了许多关于森林的事。

平常他总是走得很快，就和他总是开快车一样。他不是在冒险，因为他知道生命中有太多“无论怎样”。他有一双大手和宽阔的肩膀，他不是你可能认为的遇事置身一旁的那种人。然而他的眼睛里却出乎意料地有一种反思性的怀疑，几乎是踌躇犹豫的怀疑。是这怀疑的眼神，让他屡屡掳获女人的芳心吗？我们需要许下承诺，有一天他告诉我，但如果你许下你不相信的承诺，那就不是承诺！这或许是他喜爱行动甚过言语的原因吧。如同我说的，他走得很快。

在那个特别的清晨，他放慢了步伐，并不时蹲下来检查松树林间的土地。我想让你见识一下“蚁狮”（Lion of

the Ants)，他说，这里应该有一只。一种蚂蚁吗？不，一种幼虫，一种甲虫。约莫有指甲那么大。等它长出翅膀后，看起来像蜻蜓，银亮如缎。他正在努力搜寻的松林土壤，像是阳光下的流沙。他找不到。

他走近一株残树桩，抚摸那湿黏的木头切口。正好是长 oprinka miodowa 的地方。那是一种蘑菇，他说，尝起来有森林深处的味道。如果野猪懂得烹饪，它们肯定会把它吃掉！先煮一下把苦味去除——别把蘑菇柄加进去，柄很细但纤维很粗——然后配着鲜奶油一起吃。说着说着，他笑了。最常让米雷克微笑的事，就是那些能打破日常生活惯例与厌烦规则的乐趣，而当他的嘴角因微笑而咧过头时，就会爆为欢声。他有偷猎者的眼睛和想象力。

我们沉默不语地走了半小时。他突然停下脚步，跪下来，指着沙地上的一个小坑，直径相当于一只茶碟。小坑的形状像个不断缩窄缩窄的漏斗。

看到它的头和螯了吗？它就躲在沙地里面，等着下一只蚂蚁滑进漏斗，掉进它嘴里！蚁狮！它会，米雷克解释道，先在地上画一个圆，然后慢慢往后退——它没法往前走，因为它的后脚已经演化成凿子。它用快速的甩头运动把挖出的土铲到一旁。接着，它画出第二个圆，比先前的小一点，窄一点。然后如此这般的一圈一圈挖下去，直到土底，然后躲在那里。一旦哪只蚂蚁一个踉跄跌进这流沙里，就只有死路一条。如果蚁狮好几天没吃东西，正饥肠辘辘，它会画出比较宽大的圆，好让更多蚂蚁掉进他嘴里。若是没那么饿，画的圆就比较小。它是在沙子上写它的菜单！

米雷克的微笑爆为欢声，然后他抬头望着树梢上的天空，仿佛是在感谢让宇宙万物恰成其所是的奥秘。

米雷克的房子是独一无二的。也许，你可以说任何一栋房子都是独一无二的，只要你对它足够了解。总之，我知道我可以看到什么。我走上岔离主路的那条草径，跨过溪流上用木板搭建的那座小桥，经过大门左边的那棵树——树上结着大小与颜色如黑樱桃一般的苹果（味道极苦）——然后在口袋里寻找钥匙。前门没有门阶——你必须踏上半米高的水泥平台。门上有两道锁，我陆续打开。门还是关着。我用手指扳住一扇门板的斜角，将它抬起。门终于屈服，打了开来。我走进去。房子闻起来有尘灰、木烟和蕨类的味道。我一个房间接一个房间地逛着——共有六间。每个房间至少都有一只蝶或一只蛾，或是平静地回旋飞翔，或是贴在窗玻璃上拍打翅膀，发出如银行点钞机般飞快的轻弹声。

这房子是一百多年前盖的。八张餐桌椅中，只剩三张坐下去不会垮掉。每个房间都挂了圣母像。没人清楚这栋房子的确切历史，或许是因为每个人都想忘记其中某个不同的章节。但毫无疑问的是，这房子有过多种用途。裸露的电路、电线、插座、连接线、接触点、保险丝和开关，全都虚钉在墙上，像是某种急就章的胡乱拼凑，为了应付四十年前的某个紧急状况。也许，是电力头一回来到这个小村的时候？

把它钉好！下礼拜我们要从这里开始运营——日以继夜，春夏秋冬，懂吗？我们当中只会有一个人在这里。所以赶快钉好，你得在礼拜一完成。

又或者，这房子曾经属于一位离群索居的老妇，她本地的一个侄子，在电力来到小村那时，逮到机会假装是电工，想做这份工作来换取足够的金钱，好买辆轻便摩托车？

我打开电源。我把买来的培根和酸奶油（smietanie）放在厨房桌上。我答应在他们到来时会把热汤煮好。一个半小时之内，就会有热水了。

差不多在安装电力的同一时期，窗户也变了。变得比以前更多，也比以前更大。这股窗户改造狂潮，究竟是由什么原因激起的呢?

是迈向现代化的一步，或是那位侄子给老妇人的另一项提议？和拉电不一样，开窗户和扩大窗户势必花上好几个月的时间，这样他应该可以赚到足够的钱买一辆二手车。

或者这是委员会的决议?

如果光线足够，就可以省下电力。别担心窗框问题，我们会直接从工厂送来。我们会一间房接一间房地把一切都处理好！ OK ?

二十扇双层窗，如今只有三扇打开。有些已经漆上涂料、不再透光，有些破了，有些窗玻璃换成了塑料板。没有窗帘。

食品储藏室是一条幽暗通道，有一扇门通往厨房（这里没有冰箱），在那儿我找到了一瓶啤酒。这瓶酒是在兹维尔齐尼亚茨村（Zwierzyniec）制造的，村名的意思是动物之地，距此处十二公里。我带着啤酒走进前面的某个房间，里面有张扶手椅。

墙上有一副鹿角，鹿角对墙挂了一只旧相框，里面是一名猎人带着猎枪和猎犬的照片。很难确定照片的年代。米雷克不知道他是谁。也许某个时期，他曾住在这里。

那对鹿角是个玩笑：其实是云杉树枝，只是挂在墙上让人以为那是鹿角。

莉亚娜（Liane）是位罗马尼亚画家。她送给我一幅画，是她在柏林自然历史博物馆画的。画面里有一大段树干，树干两边长着真正的鹿角。她解释说，肯定是有头鹿某天死在某棵幼树的树根旁边，后来那棵幼树绕着它的骨骸成长，因此把鹿角举了起来，并保存下来。我把这件事告诉要去柏林的朋友，让他们去看看那鹿角，还把她的画给他们看。但是每个朋友给我的回音，都是找不到那件展品。最后，我问了莉亚娜。当然，她笑着说，只有我能找到。我们得一起去博物馆，也许它现在已经不见了。

照片里的猎人戴着一顶帽子。今天的棒球帽，以及全世界年轻人那种把帽檐朝后反戴的习惯，已经取代了传统波兰人的帽檐以及它所带有的特殊宣言。波兰帽的宣言是：坚不可摧的爱国主义；发号施令的权力；服务的意愿；亲近自然及其所有极限；守口如瓶和讨价还价的本事；还有非常漫长的历史经验。

任何人都可以买一顶这样的帽子来戴。那比取得一本护照容易一千倍。19 世纪时，被占领的波兰并不是一个独立国家，戴这种帽子，赋予和维护着一种奇特的主权。照片中的猎人，或许也能解释长了鹿角的树的奥秘。

距这栋房子几分钟脚程的地方，有另一个秘密存在。在树丛围绕、无路可达的森林里，有一座墓——保存良好，上面插着一束人造花。六十年前，德国陆军的一名士兵埋在这里。墓上的花束几个月就会更新一次。

那名士兵是 1943 年 12 月 31 日在这栋房子里被枪杀的。也许实际的枪击地点在屋外，在长着樱桃大小苹果的苹果树附近，但枪杀的决定是在屋里做下的。导致这起事件的那股冲动是从这个房间开始——也许决定是个太过没有模糊性的字眼。那名德国士兵不过才十八岁。他在十六岁时被征召入伍，经过几个礼拜的训练，就被分派到这个地区的占领军中。他的名字叫汉斯。几个月后，他向一名秘密会面的林务管理员说，他想逃离德国陆军，加入波兰游击队。有人说，他和村里的一个女孩陷入热恋，女孩就住在现今第二家店铺的隔壁。那女孩，当她变成一个老妇，而人们提起汉斯时，她就会摇头，但你无法从那姿势里看出那是确认还是否认这个故事。在汉斯向林务管理员吐露心事之后，过了几个礼拜，他被国内秘密游击部队的两名军官交叉询问了好几次，这个组织的效忠对象不是俄罗斯，而是流亡在伦敦的波兰政府。游击队指挥官不信任他。最后，指挥官告诉他，如果他交出制服、证件和步枪，他就可以在他们的森林医院担任医事勤务员。他表示同意。医院里的一名伤员开始教他最基本的波兰文。

在事情发生的那天，汉斯受邀和来到这个小村这栋房屋里的游击部队上校和几名小队指挥一起庆祝 1944 年的新年。

在一杯又一杯的伏特加下肚后，事情的真相也跟着模糊起来。是因为汉斯太过忘我，哼起了德国歌？还是因为他收到女孩的纸条，试着想从厨房后门偷偷溜出这房子，一句话也没交代？他的波兰文正在精进之中。或是那名上校突然预见了即将发生的背叛？

他对我们的了解远比我们对他的了解深。我们甚至不知道他是否可以信赖。

在那个时期，杀戮一件接着一件，数千起杀戮同时发生。6 月 1 日，距离此地十二公里的一个小村，所有人口，包括婴儿和老人，全都遭到德国党卫军的屠杀。前一年，四十万犹太人被围捕，拘禁在华沙犹太人区，等着被发配到死亡集中营。1943 年 2 月，英国政府决定优先轰炸敌军城市，以便“摧毁敌方人民的士气”。

一起杀戮可能激起短暂的反作用，引发第二场混乱，但很少导致懊悔。我很怀疑，当汉斯在如今结着苦果子的苹果树旁遭人从后颈射杀时，是否真的知道到底发生了什么事。没有挣扎。四个男人把他抬进森林，埋了。他的尸体，因为村民怀疑他或许并非敌人，得到了善待的处理。

不过，这起奥秘是关于他的墓，而非他的死。1950年代初，一只木制十字架突然竖立在他的墓头。没有姓名，没有日期。几年过后，原先将十字架固定起来的生锈螺丝，换上了不锈钢材质的螺丝。他的墓冢上，永远都有一束人造花，而在二十米外的树丛中，可以见到被弃花束的残骸，像是五彩碎纸。

村里每个人都知道这是谁做的。那位摇头的老妇人如今已离开人世。然而这座坟墓所得到的定期关注，却超过那些颓圮墓园里的大多数墓穴。是因为这些关注是秘密给予的，同时又得到所有记得此事之人的承认吗?

我曾问过一位老村民关于这座墓的事。他的回答像狐狸。有个人死在那里，他说，那么把那个地方标示起来不是再自然不过的事吗?

诡异的是，关于某个混乱时刻的记忆，竟可以如此明确。当我坐在开玩笑的鹿角与戴帽猎人照片中间的扶手椅上时，心头浮现的，就是这样的记忆。那不是我的记忆，而是六十年前在这个房间里下令杀死汉斯的那股冲动的记忆。是时候了，我该起身去摘酸模，我打算用它来煮汤。

在原野中，矿物、植物与动物这三个王国之间的界线似乎是模糊的。你可看到叶片干枯地蜷曲在木桥板上，看起来像只蟾蜍。向日葵上的大黄蜂——阁楼里有个大黄蜂窝——可能被误认为是向日葵的种子。我坐在桥板上，双腿悬在水面上，望着溪流。溪水比平常来得要低，因为上游的水车正在运转。当水车在夜晚或午餐时间停工时，溪水会上涨二十厘米。水车转动着一把古老圆锯，将松树干切成一片片新的板材。政府计划，在未来的十年里，将在通往北方的森林中，也就是狼群接受德斯皮娜的那片森林中，砍伐一百五十万棵树，以期迅速赚取收益。不只水位会改变，水的颜色也会。这个下午，水很清澈。其他时候，溪水膨胀而暗沉，像在碗里浸泡着干蘑菇的水的颜色。为何透过水流看到的沙如此吸引人？这条溪流影响着两岸每棵树木的成长，其中有些树木的年龄甚至远超过那栋房子。溪流表面的水流痕迹，以及因为石头落枝而激起的圆形涟漪，都让我想起毛线编织。正三针，反三针……我忆起了棒针。

变模糊的不只是三王国的界线，还包括过去与现在的分野。现在此地的这条河唤做“浚”（The Szum），过去彼方的那条河称为“清”（The Ching）。

清河打郊区小花园的底下流过，那是我六岁以前居住的家，位于海厄姆斯公园（Highams Park），东伦敦的一处廉价郊区，从利物浦街搭火车过去二十分钟。花园里种了秋麒麟草和蒲苇。还有醋栗树和金盏花，金盏花是我母亲种的，那是她最爱的花。在西班牙语里，金盏花称为maravilla，意思是“奇迹”，在墨西哥，那是死神嘉年华的花。清河和浚河一样，大约三米宽，横跨清河，有一条父亲为我建的吊桥。每个周六下午，父亲不用上班，我们会一起走到桥边——桥就垂直地立在我们这岸——利用一套绳索滑轮系统将它放下，直到它水平搭在对岸。这样，我们就能过到对岸而不弄湿双脚。和我此刻坐在上面的桥梁一样，海厄姆斯公园的吊桥也是用板材搭建，可以从板材间的缝隙看见溪水，不过这条桥窄多了，只有我五岁时双臂伸开的宽度。那座桥不通往任何地方。河对岸是一片围了篱笆的个人承租菜地（Allotment）。穿过桥后，我们就只是站在对岸，往回看。

清河是我父亲的河。有好几年的时间，那条河是他人生中最美好的事物，他想与我分享。它可以涤净那些永远无法痊愈的旧伤口。它可以让芥子气消散。它有着如同浚河一般的湿唇，低声轻唤着名字（1918 年战争结束之后，当了四年步兵上尉的父亲，在佛兰德的国殇纪念坟场委员会 [War Graves Commission] 又服役了两年）。清河无法带回无数死者当中的任何一人，但父亲可以越过吊桥走到对岸，站在那里一两分钟，好像他还是 1913 年那个二十五岁的年轻人，还无法想象即将来临的四年壕沟战里的任何一小时。

当他放下吊桥时，他可以借我的无邪来唤回他的天真，除了周六下午的这些时刻，那份天真已经永远消失了。

所有这一切，在我四岁半或五岁那个年纪，当我趴卧河岸，让清河之水在手腕周围流过时，我的血液就已经知道了。我黑暗的血液。

这些周六午后，是父亲和我所分享的一项约定的开端，直到他去世；如今，我仍独自履行着。

从我十岁开始一直到他七十岁为止，我们之间的争论就几乎从未中断过。偶尔有些休战时期双方都弃甲收兵，但这种情况总是极为稀有且为时短暂。我用我的未来让他惊慌。他所深信的每件事，我都想推翻。他试图拯救我——匍匐爬行到无人地带的一处弹坑，把我拉回比较安全的地方；而我，仗着年轻人的所有傲慢和恐惧，试图向他证明，我所谓的自由是有可能的。

这些争战有时残酷而苦痛，我们两人都很鲁莽且不计后果。他比我更常流泪，因为我所造成的新伤揭开了旧伤，而他给我的伤害则激起防御性的愤怒，并往往伴随着年轻的叛逆。不过，在这段漫长的争斗中，我们从未忘记彼此的约定且始终坚持着，那项约定是从我们默默无语地一起走过清河的吊桥开始的，我们从未公开过（我正用一支旧铅笔写下这段，铅笔的痕迹淡到我无法在夜灯下重读这些文字，在他死后二十五年的此刻，我所说的东西，还是只能以耳语道出）。那么是什么呢，那项约定？那是他可以和我分享但无法和其他人分享的约定，是他那四年壕沟战的鬼魅人生，他之所以能和我分享，是因为我已经认识他们；他们对我而言，是那么的熟悉而亲密。

我们为我的未来而争斗，毫无保留，绝不妥协，然而在这过程中，我们两人一秒钟也没忘记，我们分享了另一场不可拿来比较的战争的秘密。我父亲以他这个人教会我如何忍耐。而我则以我这个人让他想起他并不孤单。

周六的午后悠悠漫长。时间似乎大发慈悲地停住了。躺在横跨浚河的宽桥的木板上，合上双眼，两条溪水的声音，与蚊虻的声音、远方狗吠的声音、高树叶片的声音一起，汇聚为一。而在这两条溪水的流波中，有着同样的冷漠淡然。

父亲有双涉水靴，他穿上它们站在水中照料那座桥。比我身高还深的水，直达他的大腿根。母亲只在醋栗成熟而且她打算拿它们做果酱时，才会下到河岸。其他时候，这个大约十米长四米宽的地方，就像酒吧、彩票店和台球厅一样，是完完全全的男性领域。

有个周六，我发现了一只涉水靴，就把两只脚都踩了进去；靴鞠口直到我的头，它把我包了起来，我在它里面沿着河岸跳啊跳的，笑着。父亲也笑着。我整个人装在他的一只靴子里。而我知道，他穿着其他的靴子去过何处。当我们一起大笑的时候，他知道我知道。

1917 年 3 月 18 日，他在给他父亲的一封信中写道：

我停了一会儿，想着是否应该带领三十名士兵穿越这样一座地狱；就在那时，我的中士从掩蔽壕里爬上来，在枪林弹雨的狂啸中，以最高的音量对着我的耳朵喊道：“打扰一下，长官，我们愿意跟着你穿越地狱，长官，如果你在考虑我们的话。”决定了。走吧。我们开始往空地冲——一开始很幸运——他们的机枪瞄准我们，我们跳进一处战壕——腰部以下全泡在水里——我们的弹药全湿了——但我们依然走着，沉重而缓慢——枪声一刻也没有停歇。

我们碰到落队的士兵回来——有些失魂落魄，有些受伤，许多则已经阵亡。在不知道我们最后能否冲过去的情况下，我对我的中士喊道，待命，用最快的速度向前冲，我会先行探路，确认是否通畅。我的勤务员和另一个人跟着我。然后我遇见一个发了狂的炮兵军官；情况似乎是，他无法和步兵取得联系，他不知道他的一系列炮击刚刚射击的战壕里，躲的究竟是我方还是敌军。他当着我的面用左轮手枪打爆了自己的脑袋。

我的手下困死在泥土战壕里，我花了一个半小时才把他们挖出来。我的最后一滴水滴在一个受了十处伤的士兵身上。

一个包着白头巾的女人朝浚河之桥走来，拎着满满两篮新挖的马铃薯。刚从土里挖出的马铃薯，闪着温热的光。就像母鸡的鸡蛋那样。那女人流着汗。另几次造访中我也认出了她。她叫博根娜（Bogena），替米雷克照顾花园，以此交换她需要的蔬菜和花卉。因为浚河的关系，这里的土壤比主路那端村中心的要肥沃。于是博根娜在自己的花园里养鸡，而在米雷克的花园里种菜种花。在今晚我将就寝的房间里，我会听到破晓之前她的公鸡的喔喔声，从远方传来。

我于是连忙站起来，问她可不可以卖给我五六颗马铃薯。我正想着我的汤。博根娜放下篮子，抓起我的双手，拉到我面前。然后，她将马铃薯一颗一颗地放到我手中，直到再也放不下为止。我的年纪几乎是她的两倍，然而她这动作，不知怎的，竟像是在对待我内心里的那个小孩。

假如说，打戈登大道（Gordon Avenue）花园底下流过的清河是父亲的最爱，那么我的最爱就是隔壁的房子。那栋房子不像马路上的其他房子那样有前门，但它有扇侧门，在距离我家外墙大约两米的地方。那扇门很少上锁。正门则照例总是锁上的。我随时可以溜进隔壁的房子。

打开门，是一间镶了护墙板的小房间，有弧状的木制天花板；这房间八成是后来增建的，也许先前是作为被洗衣物的干燥间。如今，这个房间的形状，木材，以及里面除了一张紧贴墙面的长椅和矮桌之外别无他物的景象，让它看起来像是一艘翻过来的小船。有一扇窗——在船尾部位——开向后花园，那里种了一棵梨树。十一月的时候，这栋房子的主人，会在翻过来的小船里的矮桌上，仔仔细细地摆满梨子，一排接着一排，没有任何两颗挨在一起。

长椅上有只靠垫，那只靠垫在悠悠流逝的岁月中慢慢变成了我的。小船似的房间通往他们的厨房，厨房门通常是打开的，我可以坐在长椅上，听他们用自己的语言讲话的声音。有时他们的狗，和我肩膀一般高的艾尔谷犬，会躺在地板上，我可以抚摸它。它那金属丝般的硬毛发，闻起来有烟草的味道。它的名字我忘了。如果我能想起来，我就能重新进入另一个房间。有些时候，长椅上摆了一些书或报纸，我就看上面的图片。其中有些是童书，不过那房子里并没有小孩。那家女儿，身材高挑，发色如墨，已经十几岁了，刚从学校毕业。

那家妈妈知道我进去，并由我待在那儿。有时，客厅里的留声机会传出音乐，那家失业的爸爸，坐在客厅里看报纸。究竟是什么原因引诱我每次一有机会就忍不住溜进隔壁的房子呢？是等待的乐趣。漫长等待的乐趣，漫长但确信的等待，直到生命尽头我都不会忘记的确信。

最后，那位把方巾高高系在头上的妈妈，会从厨房里为我端来一只托盘，如果是下午，上面就摆的是肉桂蛋糕和热巧克力。如果是早上，则换成一罐酸奶。在 1930 年代初，除了少数的健康食品狂外，伦敦人根本不知道什么是酸奶。她从不亲我。她从某个距离之外亲切地看着我。她对待我的方式，仿佛知道我有一项人生使命，而她知道那项使命是什么，并祈祷我能实现它。也许那项使命就只是顺利长大，变成一个男人。

只有卡梅利娅，他们的女儿，可以轻松地说英文。她带我到埃平森林[1]探险。她让我看动物是怎么死的：它们倒下，它们再也不会离开土地。我们两人都带着刀，砍除卷须、藤蔓、丛草。她给我看的东西是个秘密。倘若有人问起，我们可能会解释我们去了哪里，但绝不告诉别人我们看到了什么。

我画了一张猫头鹰，然后我俩一起把它藏进一棵橡树上被闪电劈开的凹洞里。等我们下周回去时，画不见了，

1 埃平森林（Epping Forest）：伦敦地区最大的公共森林，占地约六千英亩。

树洞里塞满羽毛。我们把那些羽毛收集起来，卡梅利娅说，我们可以用它们来写作。我想那时她的意思是这些羽毛是一个字母表。可能我此刻确实正在用它们写作。

卡梅利娅一家来自奥匈帝国的某处，在第一次世界大战结束之前，跨越浚河的这座桥便属于奥匈帝国。我从不知道，迫使他们离乡背井的那场灾难究竟是什么。我所知道的只是他们的思乡病，以及用来对抗这种思乡病的种种方法：草药茶、香囊、干燥熏衣草、李斯特[1]的唱片、奶酪蛋糕、干蘑菇、穿袜子的特殊方式。不论他们的故事是什么——不是犹太人的那种——邻居爸爸必然牵涉到某种不名誉事件，我可以感觉到这一点，而这也是他老是望向某处、半天不说一句话的原因。他正等待某个信息传来，可以矫正那项错误。当然，那个信息从没传来。

我走向野酸模生长的田野。我把博根娜的马铃薯摞成一小堆留在桥板上，它们在那里像鸡蛋一样闪着温热的亮光。我用口袋随身刀割酸模。酸模的大小和小蒲公英差不

1　李斯特（Franz Liszt / Liszt Ferenc，1811—1886）：匈牙利钢琴家、作曲家，出生于匈牙利（时为奥匈帝国一部分）雷定（Raiding）。母亲是奥地利人，父亲是匈牙利人（故姓名有两种拼法）。李斯特一生以使用德语为主。其钢琴作品以高难度炫技著称。

多，但酸模叶的绿色，和它的味道一样，更酸，更甜。它们成簇生长，于是我坐下来，在草地上摊开手帕，将割下的叶片放上去。

传统绘画总爱用无花果叶来遮住人类的生殖器，这其实有点滑稽——无花果叶太过闪亮，也太过有纹样。野酸模远比无花果适合，因为它的叶片摸起来很像青涩的皮肤。跟青涩的皮肤一模一样。一模一样。我已经摘够了，但依然坐着。

看不见鸟的踪影。偶尔，会有响亮的颤音从周遭树丛的叶片间传来。感觉像是叶片自己在唱歌！我记得在戈登大道上时也曾有过同样的感觉。这两个时刻并非相隔数十年的两个年代，而是属于同一季度的同一小时。我把刀子擦干净，收起来。

一阵晕眩突袭而来。文字不再有意义。万事万物都是一个连续体。

胡安，你要我为你写一篇关于口袋随身刀的故事，口袋随身刀和少年时代。我告诉你，我觉得口袋随身刀总是和手电筒如影随形。一个口袋放刀子，另一个放手电筒！我从没抽出时间写下任何东西。然后，你竟不可思议地死了。

你一脸嘲讽地看着我，就像我期望的那样。听着，这就是刀子的故事！

我手上握着的这把刀，是在约瑟福（Josefow）小村制造的。我看过这把小刀的制造者的墓。从任何方面来看，他都是个值得骄傲的人。他是个工匠，也许是做挽具的或做马鞍的。

他有三个孩子，两男一女，女孩最小。可能是因为他知道她大概是他最后一个孩子，或是因为她狂野的蓝眼睛和黑头发，又或是出于他自己的一些原因，他特别宠爱她。

那是1906年的事，经过前一年风起云涌的叛乱和起义之后，当时，全波兰人都在等着看事情会如何发展。历史学家后来会把这称为革命。

抗议活动蔓延全国，针对贫困、饥饿、工作状况以及最重要的波兰语问题，当时规定任何学校都不准教授波兰语，也不得在任何公务上使用。占据这个国家的俄罗斯人、普鲁士人和奥地利人，都想要压制这个语言。许多男男女女为了捍卫他们自身的语言权而倒卧血泊。为了某种衰微而死。某种衰微和某些名字！那女孩的名字叫埃娃，生在五月。

经过慎重考虑之后，埃娃的父亲决定要送一把口袋随身刀作为这个女孩的生日礼物，他将在他的铺子里为她特别制作这把刀。他注意到，她总是缠着其中一位兄长，要他把口袋随身刀借给她。

她的刀应该小巧，合起来时不超过九厘米，打开时不超过十七厘米。握柄应该用公羊角，蜂蜜灰色，略带透明。他会在亚历山德鲁夫（Aleksandrow）的罗迈克商店里找到这样一支公羊角，把它劈开，用四根铜铆钉把切成两半的羊角固定在钢制刀脊上，然后略为弯曲地朝刀尾黏贴过去。钢制刀身也要略成弧状，朝某一点逐渐缩窄。

父亲真的做好了这样一把刀。小巧而女性化——像是为一头厚实的黑发打造的发夹。当你把刀子合起来，握在右手掌心时，刀身会发出闪耀的光芒，像最后阶段的下弦月。它很小巧，但你可用它为鳟鱼剖腹，为梨子削皮，割下野酸模，拆开封信缄，为山羊分瓣儿的蹄子除去石子——假使那只山羊足够冷静的话。总之，那是一把奇特而古怪的刀。

谁知道，那位父亲是在制作过程中的哪个时刻，做出了他的决定。是在他第一次想到这把刀的时候？或是要到最后阶段，在他做好刀把，但还没用单根螺栓把刀身装上去之前？

这把刀的奇特之处在于，它的刀刃和刀背一样厚，一样钝圆。这是一把完全不让人切东西的刀。它的刀刃被取消了。在20世纪初，1906年，当革命和军队朝群众开枪变成整个中东欧地区的生活常态时，一个男人做出这样一把刀，是为了让他心爱的埃娃减少割伤自己的机会。

当你打开它时，胡安，你会联想到你握着的是一件哈姆雷特之物。其中包含了一种可清楚辨识的欲望，以及与之并行的，由这欲望所激起的恐惧。一把优柔寡断的刀。不论打开或合上，总是懊悔的刀身。

这就是全部的故事吗？这把哈姆雷特之物战胜了种种不利条件熬过了它的世纪存留下来，还诉说着另一件事：诉说着一份愿望，愿所爱的人拥有一切，一切！

我决定从菜园里拔两把韭葱。我需要一把耙子，因为园子里的土被烤得很硬。门廊上应该有一把，还有斧头和十字镐。我找到了，拔了韭葱，将干土从洁白的根部甩掉。韭葱闻起来像紫罗兰和镍币。

回到屋里，我走进猎人和鹿角隔壁的房间，给房里的时钟上发条，并调到正确时间。房里有件家具，那模样我在来到这里之前从未见过。

也许，有将近一个世纪的时间，这件家具从未发挥过它最初的用途。也许在某个喝醉酒的夜晚，女人曾用它来挑逗男人。也许，曾经有某个女人光着身子爬上去，而男人在她越发进入高潮时喘气。其他时候，它就那样戳在那里，没人使用，没人触碰。而且，尽管它很占空间——它占据了一米宽三米长的楼板空间，外加两米高的垂直空间——但是从来没人想把它扔了。要这么做很简单，可不这么做的原因也有一堆。

它拥有某种令人敬畏的气质；它的精准和光亮表明它是经过深思熟虑的设想，并根据详细的草图耐心制作完成的。它是用修长刨光的山毛榉木制成，形状像字母 A，只不过它是三维的——或者说四维，如果你要把它向上飞腾的旋律计算进去的话。

它是一架秋千，室内秋千。刨光的横木坐椅（字母 A 的水平一划）高高悬离地面。它不是为某个小孩而是为某个女人做的，也许是在她宣称她打算怀孩子的时候。一个宝座，一把摇椅，一张育婴座，一架秋千，一根栖木。我松开系绳，轻摇坐椅。它向上飞腾，回来，飞腾，回来……我听见钟声滴答。我想起第一次来这里时，我帮着米雷克把秋千从我们用餐的房间移到这间有张床的房间。

我还记得，当我们把这架秋千在这个新房间里安置好后，他是怎么看着它的。他看它的眼神，仿佛它是一件遗物。

米雷克同时具有盗猎者和客栈老板的才能（消瘦与营养充足之人），这些才能很适合他在巴黎找到和执行的那些秘密工作：为巴黎人盖烟囱、贴瓷砖、搭阳台、修屋顶、安装中央空调系统、建双层公寓，或用特别指定的颜色重新粉刷卧室。他身强体壮，眼神犀利，拥有工程师般井然有序的才智。他还有别的才能：他规划每件工作的独特方法，因为没有两件工作是一样的。

他念书时和母亲住在扎莫希奇（Zamość）的小房子，那时，他母亲的兄弟扎内克（Zanek）和他们一起住。扎内克几乎全身瘫痪。他无法说话，但他注意每一件事！

每一件事——那是我爱他的原因。放学后我会和他说话，我们之间发明了一种语言，独一无二的语言，既非波兰语亦非俄语，也不是立陶宛语、法语或德语，而是一种除了我俩之外没人会说的语言；也许每一份爱都能发明一套词汇，都能打造一处掩体躲藏其下。和他在一起，我发现了一种永生难忘的东西。

扎内克一个人在扎莫希奇的小屋里度过白日，因为他姐姐得去工作。她出门前，会替他放好当天的报纸。他读遍报上的每一条消息，但无法翻页。1970 年 12 月，格但斯克（Gdansk）的波兰士兵受命向罢工的波兰工人开枪，这些工人在抗议物价飙升和食物短缺，那天早上，扎内克要求姐姐把收音机开着。通常，他的白日是宁静的。

米雷克在学校时仔细思考了这一切。他开始画各种图解，最后做出了一台收音机，让他那位躺在床上无法动弹的舅舅，可以用鼻子操作它的开关！

没有任何两件工作是一样的。

在巴黎，米雷克学会如何工作且不引人注目——在错误的时间从车里搬出油漆匠用的梯子，或是把碎石包丢进街头垃圾箱，都可能引发立即遣送回国的危机。他找到了可以用现金当场购买原料和所有东西的地方。他已经习惯了坚守他的基础法文，不回嘴，只是倾听、等待并确定他得到当初承诺的报酬。他想象着，用这些辛苦赚来、细心藏好的钱，有一天，他可以在故乡盖一栋怎样的房子。在巴黎工作了五年之后，他在华沙买了一套两室公寓。他还有其他梦想。他成了又一位波兰骑士，只是老多了。与此同时，他靠着两只皮箱里的东西和几十首波兰歌曲生活着，包括好几首他舅舅在收音机里最爱听的歌。

我又推了一下秋千。秋千往上飞去，然后荡回到我头部的位置。

在巴黎，女人纷纷爱上米雷克——那些饱受磨难、如今定居国外独立养活自己或追求事业的波兰女人。其中有些人是第二次爱上他，因为他们在学生时代就已相识。夜里，他带她们去马恩河[1]垂钓。他为她们煮罗宋汤。他们整个整个周日在床上缠绵。他们一起收看波兰卫星电视。她们和他在一起时，他仿佛能让眼前的危机停止存在。

一个接着一个，这些女人毫无例外地尽一切努力想说服米雷克和她一起住在德国、瑞士，还有美国的休斯敦，永远在一起。芝加哥的波兰人尤其多，超过华沙以外的任何城市。这些女人一直独自撑着她们的勇气，她们知道绝对不能回头望：只能往前看。她们依然喜欢吃冰淇淋。而每一个人，都以各自的方式热切希望米雷克能留在她身边。然而，其中没有一个人考虑和他一起回波兰，在那里生儿育女，让子女在那里念书，在那里陷入情网，于是到头来，她们只能离开，只能说再见。她们每个人都以各自的话语

---

1 马恩河（Marne）：法国北部河流，塞纳河支流，全长525公里，在巴黎东郊从右岸注入塞纳河，并在巴黎东南形成大河湾。流经葡萄园、产粮地等农业区。一次大战时两次重大的马恩河战役即在巴黎附近的马恩河沿线展开。

告诉米雷克，你是我的梦想侣伴，但你不了解女人！

于是，两年前，米雷克望着那座室内秋千，仿佛它是一件遗物。

敲门声。没有汽车驶近。我穿过门廊——门廊的破窗已经换成了不透光的塑料板——打开下垂的大门。博根娜捧着一碗鸡蛋站在门外。给你做酸模汤的，她说。除了定期到扎莫希奇跑腿以及偶尔造访卢布林[1]外，她从不离开这个小村。显然因为如此，她注意到我站在这栋房子的门道上，这栋她永远熟悉的房子。这栋无人居住也无人造访的房子。这栋没有门阶的房子。我谢谢她，她转身离开，用她多年来从未变过的步伐走着。

我把马铃薯削皮、切片，培根切成小丁，清洗韭葱。韭葱的外叶撕下来像一只只缎袖，闪烁着光芒。接近根部的位置，泥土总会渗入外皮之间，于是我垂直切了一刀，轻轻甩动如书页般的皮层，洗去渗入的脏污。将韭葱切成小圆片，刀子发出制轮般的噪音，那是我记忆中最古老的声音之一。

---

1 卢布林（Lublin）：波兰东部的最大城市和政治经济中心，交通枢纽。为卢布林省首府。二战期间德国曾在这里建有庞大的集中营。

四天前，米雷克和棠卡（Danka）结婚了。一小时后，他们将出现在这里。

棠卡出生于加利西亚[1]的新塔尔格(Nowy Targ)。在社会主义统治时期，这小镇有家鞋工厂，雇用了三千多名工人。那是波兰最大的鞋工厂，盖在这里是因为该镇悠久的制革传统，一直以来，这里的皮革都是来自邻近喀尔巴阡山的牛群。如今，工厂关闭，小镇贫穷。新塔尔格的居民没人挨饿，不像米兰或巴黎，然而这小镇似乎笼罩了一层沉默之幕，因为这里没有任何计划可以讨论。这小镇就像尘土一样，活过一日又一日。六七辆出租车为了偶尔出现一次的客人，通常是一名外国人，谨慎地在主广场旁边等待着。棠卡是五个兄弟姊妹中年纪最小的。她父亲过去在工厂工作。姨妈有两头乳牛。

---

1 加利西亚（Galicia）：旧地区名。在今波兰东南境，属维斯瓦河上游谷地，富有农林和石油资源。居民西部为波兰人，东部为路得尼亚人，历史上长期为俄、奥争夺目标。1795 年第三次瓜分波兰时，西加利西亚被奥地利占据，1867 年东部亦被占据。第一次世界大战初期曾爆发俄国对奥匈帝国的加利西亚战役，战后奥匈帝国瓦解，加利西亚归还波兰。

她在九年前十八岁时离开新塔尔格，去了巴黎，终于找到了一份女仆的工作。她被作为清洁人员雇用，但真正的工作是为雇主照顾两个小孩，雇主租给她车库楼上的小房间——他们在车库里停了好几辆车。她在那里睡觉，两个小孩长到足够大的时候，就溜进那里听她讲睡前故事。几年之内，棠卡便说得一口流利的法文。

米雷克遇见棠卡是在某个周五晚上，她的休息夜，在巴黎一位共同的波兰朋友的生日派对上。

我正在煎锅里翻炒韭葱、培根和马铃薯，我正在虚构他们的爱情故事。

相遇的第一夜他们便注意到彼此。他比她大十五岁。她留意他说话的口气。他说起话来像是在某个遥远的大学里做研究的骑士，但她一点也不害怕。他注意到她的肩膀、脖颈、嘴巴；他们分享着某种坚持，大雁飞翔时的坚持。然后，某一刻，他把手放在了她的肩上，她报以不发一言。她说得很少，她比较喜欢别人来读懂她的想法。那天晚上结束时，他载她回家，路上，她告诉他自己照顾那两个小孩的事，他则跟她说了他在华沙买下的公寓。在汽车音响里，他放进了 Budka Suflera（提示席）这个华沙乐队的 CD。

当车子开抵她雇主家时，车停了，但她没有下车，车子随即转了个弯朝巴黎的另一边开去，米雷克住的那边。

艳红的罂粟已在

挚爱的身躯已痛

在吾等前额敷上

维利奇卡[1]的酷盐。

第二次碰面，他们看了彼此的照片，他为她煮饭。

你在哪里学得这么一手好菜？

我自学了二十年了。

她说，他睡在她那儿比较好，这样就不必这么早起床。

女主人没意见吗？他问。

我付她房租，她说，只要你高兴，你整天都可以睡我床上。

我把所有东西都从炒锅里慢慢倒进一只加了盐的沸水汤锅里。

---

1 维利奇卡（Wieliczka）：位于克拉科夫东南郊，拥有世界最大也最知名的地下盐矿产区，该盐矿已成为波兰的象征之一。

两个礼拜后，棠卡满怀理想地表示，她至少要生两个孩子。

两个？

一个接一个，快，这样你还不太老！

我太老！

不是现在——不过十年后，当你打算教他们钓鱼，或带他们第一次去爬三皇冠山[1]时，你就太老了。

你爬过吗？

小时候和我哥爬过。还看到了一些野山羊。唉哟！男人从来就不习惯解钩扣。让我来。

我用口袋随身刀切着酸模叶。切得细细的，但不能太细。看起来要像绿色的五彩碎纸。

当证实她已有了一个半月身孕时，他们决定在小孩出生后结婚。

---

1 三皇冠山（Mount Trzy Korony）：波兰南部皮耶尼尼山脉（Pieniny Mountains）的主峰，位于与斯洛伐克交界之处，与中西喀尔巴阡山脉邻接（参见204页注1），海拔982米。

再过几个礼拜我们就会知道，他说，到底是男孩还是女孩。

要在新塔尔格举行婚礼！她说。不，她一点也不梦想在巴黎结婚。

但在巴黎他们会买结婚礼服。

选结婚礼服和挑其他衣服不一样。穿上礼服的新娘，看起来必须像是来自某个在场人士不曾去过的地方，因为那是她娘家姓氏的地方。即将出嫁的女人，在变成新娘的那一刻，也将转变为陌生人。转变为陌生人，好让她即将委身的男人可以像初次见面那样看她；转变为陌生人，好让他们许下誓约的那一刻，那个娶她的男人能让她感到惊喜。为什么依照惯例，新娘在婚礼前都得躲起来？就是为了方便这场转变，让新娘看起来像是来自地平线的另一边。新娘的面纱，是距离的面纱。一辈子住在同一个小村里的女人，当她以新娘的身份走在村庄教堂的廊道上时，那一瞬间，所有人都不能认出她，并不是因为她穿戴了伪装，而是因为她变成了受到迎接的刚刚来临的新人。

棠卡，在多次甜蜜的犹豫之后，选定了她的来临之服。鸡心形的颈线，裸露的肩膀缀着蕾丝，紧身马甲绣了上千银线，荷叶饰边的缎面长裙，加上十二朵薄纱白玫瑰。这身行头要花她四个月的工资。别犹豫了，米雷克说。一件用蕾丝、缎子做成，还有和床一样宽的荷叶边的巴黎礼服——等我们去到华沙时想要卖了它，那就是儿戏！

所以，我们可以把它留给奥雷克（Olek）吗？她问。这时，他们已经知道她怀的是男孩。

他们计划先搬进华沙的公寓，以后再换大一点的房子。米雷克打算开始做些安装浴室、浴缸、桑拿之类的工作。他再也不想像匹骡子一样在建筑工地卖苦力；他想成为沐浴专家。然后，等他们找到更大的公寓之后，棠卡想开一间托儿所，照顾别人的小孩同时也照顾自己的。

我把蛋放进水里煮。浅浅的水槽上方，拉了一条晾床单桌布的绳子，绳子下面，一堆圆木搁在厨房的灶炉旁边。由于这房子已经空了好几个月，绳上没有晾任何东西，只有一支长柄汤勺挂在那儿，勺体部分经过重新改造接合，看起来像是有一个喉咙和一个嘴可以从里面倒出东西。它已被改造成一个不可思议的多功能器皿，可用来分汤、盛芥末酱，以及把热腾腾的果酱注入罐子里。关于这栋没有女人的房子，我所不知道的故事之一是，男人也必须做果酱。

奥雷克出生时，重4.2公斤。他是在巴黎第十九区的一家医院出世的。棠卡的雇主替她弄到了一些文件和工作许可证，好让她可以继续留在他们家，直到他们找到可以信赖的人来替代她。她是不可替代的！男主人说。没有谁是不可替代的，女主人说。

当棠卡回到车库楼上的房间时，脸上还洋溢着幸福充实的表情。她耳中听到的不再是自己的声音，而是日以继夜地从她儿子身上发出的声音。一个礼拜不到，她便开始工作，带着奥雷克到处走。主人家五岁的女儿，表示她也要生个小宝宝。像他一样的小宝宝。她看着棠卡给奥雷克哺乳。在她说了她也要生个小宝宝之后，她将头倚在棠卡肩上，仿佛自己也分担了做母亲的忧虑。

在他们在巴黎的波兰友人当中，奥雷克从一双接着一双的手里传来传去，男人的手往往肿起或伤痕累累，被水泥弄得粗糙不已；女人的手常常过度潮红，像是被连续不断的烫衣洗衣过度舔舐。大家都说婴儿像米雷克，同样的宽手掌，同样的蓝灰色眼睛。瞧！你瞧！连耳朵也一样。带着身为人父的骄傲，或许米雷克也很想看起来像他儿子。

如果我有另一个人生，诞生在另一块大陆——我想，那儿会有个什么集会，而我是在偶然经过时遇到的——我肯定会觉得自己是波兰人，即便我不知道波兰在哪里！

一个小房间。大家坐在几把椅子、一只小凳、一张吱嘎作响的床上，背靠着墙。在挤满人的小房间中央的地板上，小宝宝睡在手提摇摇床里。他们聊天、做毛活、讲故事、切香肠、讨论物价，但他们的眼睛全都时不时地转回到那只摇摇床上，仿佛那是一把火，它的光芒吸引了他们的注意力。每隔几分钟，就会有人站起身走过去，贴近地去看小宝宝。那把火变成一场家庭电影，只能以摄影机的取景器看到特写镜头。如果小宝宝醒着，他们就抱起他，紧贴在胸膛。男人做这动作和女人一样自信满满，只要一只巨大无情的手，就可完全抱住襁褓中的婴儿身躯。意大利的圣母是庄严的，她们的小孩受人崇敬。在这里，他们的颂扬是另一种。那圈非法移民劳工靠墙倚坐，眼放异彩地注视着一场遥远的胜利。当然，婴儿的诞生并非惊喜，而被赋予了期待。但随着时间不断流逝，生命逐渐成形，这场胜利一直到要打赢之后才得以确立。那些还没喝醉的人逮着机会痛饮，眼睛微湿。所有人都因为这项来自远方的胜利消息而同感震惊。

奥雷克的小手压着棠卡的胸膛，吸啊，吸啊，然后体重增加。他的父母也是。食物变成了他们三人之间的一种许诺。

有一天米雷克说：你和我必须减肥。

为什么？

这样你才穿得进你的结婚礼服！

她脸红了，因为她知道他说的是真的。

给我三个月的时间。

蔬菜煮熟了，我把它们一一塞进手摇搅拌器。我在餐厅的橱柜里面发现了它，摆在汤盘后面。我用左手把机器的脚用力压在桌子上，让机器跨在一只大盘子上，然后用右手转动手把。这方法是我母亲教我的，那时我的手还太小，操作起来比我想象的困难得多。等你长大就没问题了，她说。

婚礼上，客人们往往会盛装打扮，所以他们的人数看起来通常比实际多；丧礼则相反。但是在新塔尔格的这场婚礼中，客人确确实实有一百位。

棠卡安详而镇静。她看起来像是刚刚沐浴过、穿上礼服就走进了教堂似的。她散发出一种清新的气息，得花上好几天才能达到的令人喜爱的清新气息。她的头发用长长的叶子编结起来，然后织进尖角形的小发饰，做出一顶像是草地上云雀鸟巢的皇冠。当她走进教堂时，身上的每个部分都让人联想起草地——几小时后，这一切就会改变。

米雷克一身极浅色的西装，配上印第安式的立领，发型活像正在步出赌场准备去享受阳光的赌场总管。

当这对新人走在廊道上时，我寻思着，有多少婚礼，不论时代或地方，曾走过同样的时刻：从井里汲出水的那一刻？（流经失业小镇新塔尔格的两条河流，分别是黑河 [Black Dunajca] 和白河。）新娘从井里汲出水，装进一只大水罐，扛在肩头。新郎或许能觉察到这一点，但他绝对不能看。水罐从未出现在婚礼照片中，因为它只能从后面瞧见，只出现五百分之一秒。我想，我们某一瞬间看见了一只水罐立在棠卡的肩膀上。

神父很年轻。这座四万人口的小镇共有十位神父。除非迫不得已，新人不会在四旬斋期或基督降临节举行婚礼，也不会选择十一月，据说那个月会给婚姻带来厄运。婚礼通常在周六举行，好让庆祝活动尽可能长些。我猜，这位年轻的神父每年大约会主持三十到三十五场婚礼。

演说时，他的声音听起来很睿智。他有双敏锐的眼睛，而反复讲诵的次数还没多到让他志得意满。他很清楚，他所主持的每一场婚姻，都是在一张错综复杂的网络里取得同意，由算计、欲望、恐惧、贿赂与爱交缠而成的网络，因为这就是婚姻契约的本质。然而，每一次他给自己定下的任务，就是去找出这张网络里的纯粹部分。他像个猎人一样走进森林，开始追踪纯粹，把它从掩蔽处引诱出来，让在场的所有人，尤其是那对新人，能认识到它。

这不是一项容易的工作，即便是碰到男女双方不计一切、疯狂陷入恋爱的罕见情况，这工作也未必就更容易，他无可避免地会看到，当欲望相互滋长、极富热情的时候，往往就成了这两人对抗冷酷世界的一种阴谋，这显然是为上帝所摒弃的。他所寻找的纯粹线索当然永远存在，他的困难之处在于，纯粹一旦被人发现，必然会立刻躲回去。你很难像德斯皮娜悄悄靠近狼群那样偷偷接近纯粹。肖邦曾在几首玛祖卡舞曲中做到了这点，还有萨福[1]的几阕断简残诗。

年轻神父上周六在新塔尔格成功完成了任务，有那么一刻，他显得容光焕发、幸福洋溢。也许他所找到的纯粹，那个没逃进隐藏处的纯粹，就住在十个月大的奥雷克身上。

1　萨福（Sappho）：公元前 6 世纪前后的希腊女诗人。

奥雷克和他父母一样穿着一身全白，在漫长的婚礼过程中，他始终清醒而安静地躺在棠卡的姐姐的臂弯中，她端坐着，朝着教堂后方的祭坛微笑。

我打开冷水的水龙头，冲刚煮熟的蛋，然后将它们放在手掌心间滚动，这样蛋壳剥起来比较容易。

车队驶离，新郎新娘坐在第一辆车里，车门把手与信号天线上有白色的三角旗飘扬。棠卡与米雷克并肩坐在后座，奥雷克在她膝上，她把窗户摇下一些，放一点凉爽的空气进来。司机们驾着车按着喇叭前后相随，急盼着接下来的音乐和舞蹈。米雷克的朋友大部分都结婚超过二十年了，对于婚姻生活中的困难与相对无言的时刻，他们再熟悉也不过了。接下来的音乐，很快就会让他们回想起婚姻的允诺。

婚宴举行的地方，原先是鞋厂餐厅。有些客人打算走过去，只有几公里远而已，天气晴朗，时间也很充裕。那些走着来的客人中，有位纤瘦的黑眼睛女子，她叫雅歌达，“莓果”的意思，她哼着一首年轻时的歌曲，十年前的。她的一名同伴折下一段树枝，当成指挥棒似的挥动，应和着她的歌词。

车队在一处路障前停了下来，路障看起来很像国界标桩的红白柱。其中三名边境巡警做出老酒鬼的那种提线木偶般的动作；另外三个是年轻人，失业，正在学习如何找麻烦。拦路打劫和捉弄人学起来并不那么困难。

米雷克走下车，打开后备箱，里面有八十瓶伏特加，他拿出两瓶。再来一瓶！没问题。双方都咧嘴笑着。在那笑容背后，有着所有人都能了解的深邃体悟。

我把切细的酸模放进汤里，汤变绿了。

当新人与第一批宾客到来时，两名乐手正在演奏。这地方大如谷仓，十二张桌子呈马蹄状排列在一端，另一端是四名乐手——钢琴手、鼓手、吉他手和歌手。中间，是打谷场大小的舞池。露肩裤装的歌手像小写字母“i”般又瘦又矮；以宽如地平线的声音而闻名。有些客人走进来瞥见她时，惊讶得没张开嘴巴就伸出舌尖，就好像是在偷偷测试管乐器的簧片，而他们希望这个管乐器吹奏的音乐能整晚陪伴他们。她在新塔尔格的昵称是克拉琳奈特。要等到所有宾客都到来之后，她才会开始唱出颤抖之音，从不提前。这之前的时间里，她就和来自塔特拉山区[1]的鼓手翩然共舞。他是个高大的男人，他们的舞踏逐渐改变了他们的身形；克拉琳奈特越来越高，像个大写的“I”，壮硕的鼓手则越来越瘦小。他们的演出是这个夜晚的第一场转变。

席间准备了香槟供宾客畅饮。还有许多马鞍搭包似的塑料囊，带龙头，只要把龙头转四十五度角，就会有美酒汩汩流出。来自动物小村的啤酒随点随送，盛在高高的扎啤杯里由侍者端上来。整个晚上，每张桌上随时都有四瓶打开的伏特加，只要一瓶见底，新的立刻补上。每瓶伏特加里都有一枝深绿色的野牛草叶[2]，散发着有点儿像马鞭草似的香气。米雷克为了给婚礼搞定这些伏特加，花了整整一个礼拜的时间。

在我们东聊西扯的时候，我们的目光不时朝棠卡飘去，并非因为她故作醒目状，而是因为那身纯白迤逦的礼服。明月升空。这或许得归功于她紧身马甲上的银色绣线。但也和她倚桌而坐时的那双纤纤素手与白皙臂膀有关。她的双手最近学会了两组姿势，爱人的姿势与母亲的姿势。两

---

1 塔特拉山（Tatra Mountains）：波兰和斯洛伐克之间的天然边界，属西喀尔巴阡山脉，也是喀尔巴阡山脉最高的一段。

2 野牛草伏特加：波兰东部的特产，添加了仅生产于该地的野牛草（bison grass），当地人认为野牛草具有催情效果。

组姿势都注入了无限温柔，但却是截然相反的两种。母亲的姿势安定而平静，爱人的姿势挑逗而激情。她那双轻松搁在桌布上的手，看起来就像是开始做糕点之前的午后！但她的手指泄漏了秘密。她的手指比月光似的银线更闪亮，那是她光芒的来源。

小孩们开始跳舞，装出一种他们并没有的天真无邪。随音乐起舞的人没有谁是天真无邪的。看着跳舞的孩童，几个中年人回想起，他们年轻的时候，如何想在跳舞时保持某种距离；而现在，即便难以获得，他们一心想的却是如何贴得更近。想要改变这样的距离——这正是音乐节奏永不停歇的挑逗——想要改变这样的距离，你只能站起身来，跳舞。有几对夫妻正是这样做的。

宴饮开始，餐桌话题聊的是旅行者返回家乡短暂造访波兰王国。一两杯伏特加下肚后，我感觉似乎有一百名骑士的马匹沿森林的边缘拴着。

他们谈论工作，在爱情中受骗，芝加哥的表亲，教皇约翰·保罗二世的健康，物价，树木的疾病，年老体衰，以及他们永难忘怀的歌曲。只要一有机会，他们就会把话题转换成游戏，并玩乐起来。

菜肴如好消息般接连而至。每道菜肴之间都穿插有饮酒、跳舞，并衡量着这么多的好消息会不会太不真实。聚集在这里的每个人都很清楚，可怕的灾难消息会像晴天霹雳一样突然袭至。

那位克拉琳奈特唱歌了。这世上大多数的歌都是悲伤的。全是关于结束与终了的故事。然而却也没有任何一件事比歌唱更为当下，更蔑视一切。

发如万物之前的
最后薄纱
一发之隔
无物既存

发如黎明之前的
最后告别
晓白之前的
无尽黑暗

在我之内探寻
为你，在我之内探寻
探寻我的光明

她的歌声歇止，第一批人开口说话，他们发现寂静最难忍受。

我尝了汤，加了点盐，剥蛋。蛋壳剥落如棕色小丑的鼻。

是米雷克与棠卡独舞的时间了。奥雷克睡在摇摇床里。他以后只能借由照片回忆起这场婚礼了。谁知道呢？他父母单独走上打谷场。人们尽皆注目。棠卡肩带上的闪缎玫瑰正待从她肩上滑脱，荷叶长裙上的玫瑰则随她舞动的气旋不断飞舞。人们尽皆注目。这对佳偶的身影唤起了许多记忆，以及同样的疑问。什么时候这一切都变成了幻影？音乐给出它自己的答案。喋喋不休的絮语给出又一个。

新娘不再是草地。她的颈项从丰满的胸部直伸起来，展开的双翼扫过地板。她是只雪雁。她的雪白越舞越大。当他们终于停下舞步，闪烁着甜蜜回到座位上继续宴饮时，许多宾客都渴盼着音乐再次响起，好让他们也能借由舞蹈分享音乐给出的答案，而不是喋喋不休的絮语提供的那个。

某一时刻，我离开座位，穿过谷仓。我打乐手身边走过，感受到打击乐器的节奏。我离开会场，行走在森林边缘的树木之间。没有马匹拴系在那儿。一名手持萨克斯风的男子走向我。

晚安，同志，他说。

这句话让我认出了他是谁。费利克斯·贝尔蒂尔(Felix Berthier)。

他是我住的那个村子里的铜管乐队成员。他是个房屋油漆匠，为自己工作。不管遇到谁，他一律称对方同志——神父、市长、支持法西斯的面包师傅、殡葬业者，以及上学路上的小孩。这一问候带着微笑而非讽刺，就好像他在鼓舞那个他遇到的人，并把他移送到另一个时空，在那儿这个称谓会比较适合。

每年五月，在耶稣升天日的那个星期四[1]，铜管乐队就去到属于这个村子的某个边远小庄的住家门外演奏。这些小庄是依次轮流的，每个小庄大约五六年轮到一回，而居民们在演奏结束后会准备茶点招待大家。由于那时节树叶还未茂密生长，因此音乐可以传到遥远的田野彼端。演奏的都是耳熟能详的传统乐曲。

---

1 耶稣升天日（Ascension）：复活节（Easter）四十天后的第一个星期四，通常在5月1日至6月4日之间。

音乐会结束后，费利克斯会一口气喝下两杯烧酒（gnôle），把乐团帽调成比较活泼的角度，在谷仓和库房之间穿梭游荡，或绕着小教堂转，演奏艾灵顿公爵[1]的音乐。他像个梦游者般地缓慢前进，很难说究竟是人们让路给他，还是他找到一条自己的路，沿着音乐打开的一条条通道前进。他像是漫步在另一个时空当中。这正是他眼睛都在笑的原因。毫无疑问，他在以自己的方式在为现场的观众演奏。乐团的其他成员想尽办法要和他划清界限。乐队队长更是一脸恼怒地抬起双眼望向天空，不过在耶稣升天节的这一天，他会容忍这个麻烦鬼。

费利克斯，我问他，今晚你可以为我朋友的婚礼演奏吗？

同志，不然你认为我为什么而来？他已经摆出了弯身吹萨克斯风的姿势。

十五年前，在某个星期六晚上，费利克斯一边吹着萨克斯风一边走回家，一辆轿车在邻村的主路上撞死了他。

随着岁月的流逝，有些当初由他油漆的房子或由他贴

---

1 艾灵顿公爵（Duke Ellington, 1899—1974）：美国爵士乐的早期重要人物之一，是钢琴家、作曲家、爵士乐团首席和编曲家，率领旗下乐团演奏超过五十年，对爵士乐中的摇摆乐、“大乐队”等形式风格都作出了奠基性和突破性的贡献。

上壁纸的房间，需要重新整修，也就是说，得把他当年做的东西给清除掉。然后大家这才发现，当年在他开始贴壁纸或黏上新镶板之前，他在很多地方都用他的大号油漆刷潦草地写下这样的信息：利润是狗屁。穷人上天堂。正义万岁！

午夜过后，我听到费利克斯的中音萨克斯风。

这音乐，就像几个小时前的那位年轻神父一样，正在追寻着纯粹。当然，不是同一种。音乐追寻的是欲望的纯粹，是打渴盼与承诺之间穿过的纯粹：这令人慰藉的承诺，可以比生命的惩罚更为长久，或至少略胜一筹。

要射杀你

他们必须先

射穿我。

克拉琳奈特的嗓音飙升至外层空间，这场音乐达到了让伤口止血的纯粹性。

它提醒谷仓里的每一个人，没有伤口的生命多么不值得活。

欲望是短暂的——几小时或一辈子，都是短暂的。欲望是短暂的，因为它是为了违抗永恒而生。它在对抗死亡的争斗中挑战时间。而跳舞，正是这样的挑战。

这里只有一位新娘，一位新郎，却有好几百场婚礼；记忆中的，真实的，懊悔的，想象的。

午夜过后，婚宴中的声音改变了——变年轻了。年老的客人则看起来更老——包括我在内。一些小孩睡在靠墙的长椅上。奥雷克不受干扰地躺在摇摇床里，手指放松地摊开着。装空伏特加酒瓶的板条箱越来越重。衣衫不整的乐手成了夜晚的统治者。一名侍者往厨房走去时停下跳起舞来。

每个地方都变得更白。男人脱下夹克和领带。有几个女人踢掉鞋子光着脚。米雷克还是穿着他的洁白衬衫与珍珠色西装，已然整洁无瑕。棠卡站在裹满奶油的结婚蛋糕前，蛋糕在推车上，和她一般高。然后，她带着一份专业权威切下自己的第一块婚礼蛋糕，在巴黎，她也是带着同样的权威，每天早上拉开雇主房间的百叶窗，并将咖啡放在床头柜上的。当每位宾客都拿到自己的那块蛋糕时，放眼所及，全是更加闪耀的白。

就在这个时候，十二名男子伸出双手走向棠卡，并把米雷克拉了过来。他们是古拉里（Gurali），来自塔特拉山区的健壮男子。谁知道呢，也许就是因为他们，棠卡才坚持要在新塔尔格这个失业小镇举行婚礼的。他们开始合唱，乐手们则按约定俗成的规矩转为静默。他们用深沉、和谐的吟诵声音唱着：

将痛苦抛在脑后

此刻是拥抱的时间

他们一边唱着，一边将棠卡与米雷克抬离地面，横放在他们的手臂中，仿佛他们正斜躺在一只与肩同高的架子上。

此刻是……

随着这几个字唱出，他们手臂猛然向上一抛，把那对新人高高扔上天空。我们像仙鹤一样伸长脖子注目观望。他们靠在一起。他们的双手能够触碰到或够到彼此的性。她的长裙如雨云般翻腾，罩住米雷克的双足。米雷克一只手伸向脑后，探寻摸索着，想要关掉周遭的声响。不知不觉间，他俩又一起降落在古拉里等待的手臂中，他们被温柔地接住，再一次发射出去。他们悬在空中的时间，一次长过一次。

过了几小时，上午十一点，刚结婚的新人和三十位宾客在主广场会合。我们几乎人手一支蛋卷冰淇淋，舔食着——这种蛋卷冰淇淋在新塔尔格很有名气。我们准备出发去看一座名叫“海之眼”的湖。Morskie Oko。

事实永远比虚构更令人惊喜。

1980年代，有两位朋友在新塔尔格的鞋工厂一起工作。其中一个姓比耶达（Bieda），穷人的意思，另一个姓博卡奇（Bocacz），富人的意思。有一天，开完工会会议之后——当时团结工会（Solidarność）刚起步——他俩被左莫（Zomo）巡察撞见。左莫是反暴动警察。他要两人报上名来。“穷人”，比耶达报了名字，结果因为态度傲慢被打得头破血流。接着轮到“富人”博卡奇。名字？我没有名字。你说你没名字，是吗？结果他也因为态度傲慢被打得头破血流。给我报出你的名字！“富人”。我懂了，所以你们是一起的嘛，你们两个，很明显嘛，左莫警官说道。穷人和富人！结果，他俩被关进牢房，直到他们说出实情。

我们花了三个小时穿越森林来到高处的湖边。因为适逢夏季，一路上碰到许多步行者，各个年龄层都有。到达之后，我们坐在湖畔的圆石上，凝望着对岸的山峰，湖水静止，波纹不兴。我们凝望的方向，没有任何人造之物。周围的上千人寂静无声——宛如在观看一场演出。我们津津有味地嚼着三明治。棠卡给奥雷克哺乳。米雷克指着他认为可以徒手捕抓鳟鱼的地方。在那些岩石下面，他用偷猎者的轻声耳语断言道。每个人看起来都因为他们来此看到的东西而感到高兴。但那究竟是什么呢？是那道侏罗纪时代的山脊和它的湖面倒影？还是静止不动的湖水和它那在湖畔边缘从不颤抖的双唇？

我一边问自己，一边把酸奶油全部倒进厨房的一只空碗里。酸奶油的酸让它尝起来不那么像奶，而多了些性的滋味。我想，我们所有人去“海之眼”，都是为了去看没有我们的时间是何面貌。

第二天，在绿草如茵的白河岸，我们生了一把火，将马铃薯埋入土中烘烤；无数个世纪以前，黏土泥碗也是以同样的方式烘烤而成的。我们趁热吃着马铃薯，洒上维奇利卡的盐，搭配棠卡母亲花园里的山葵。

夜幕降临。八成有什么事耽搁了他们。我可以打米雷克的手机，但我没打。我喜欢等待，就像这栋没有门阶的房子所做的那样。我走进放了秋千和扶手椅的房间。

随着轻轻“哔”的一声，桌子上远处角落的台灯熄灭了，大概是灯泡坏了，我没法换。桌上堆了一叠泛黄的报纸，有些日期可以回溯到 1970 年代；一架手持罗盘，可能是米雷克刚当上森林工程师时使用的；一只咖啡罐，里面装了铁钉。桌子上有个抽屉，我打开它，愚蠢地希望或许能在里面找到一颗灯泡，用来测试台灯。但里面只有书，波兰小说。在那些小说下面，抽屉的底部，有一本薄册子，封面是一个女人的照片。我当然认识她，认识她的双眼以及眼中的神情，那种穿透一堵不透明墙面直视墙后事物的神情，那种充满惊人之痛与坚忍果断的神情。我看见她走路时轻微的跛瘸，我听见她的声音，用波兰语、德语、俄语说话的声音，她十八岁那年在沙皇警察追捕下逃离华沙时的声音，她从未失去过的少女般的声音，即便这声音说出的是有如年老先知的睿智话语。罗莎·卢森堡[1]。我十六岁那年第一次知道她，那时她已经去世二十余年。她就出生在扎莫希奇附近，博根娜曾为了父亲的民宿去那里和有关当局争论（但无效）。

谁知道这本名为《中央集权和民主》（*Centralism and Democracy*）的小册子是怎么跑到这抽屉里的？更不可思议的是，这还是本法文书。然而她这个人、她的作品和她的想象力，都很习惯于这种暗中进行的秘密性，都很习惯于这种暗中进行的旅行。它们期望被藏在偏远的抽屉里。

这本写于1904年的小册子的最后一段，这样议论道：历史上头一回，俄国的工人运动有机会真正成为人民意志的工具。然而，看！俄国革命者的自我（ego）让他们失去理智，再次像个全能的历史领袖那样发话，坐在他至高无上的宝座上，在中央委员会中。他们把事情弄颠倒，他们不了解，对当今的任何革命领袖而言，唯一正当的主体性是工人阶级的自我，他们想要拥有自行犯错的权利，他们想要自己学习历史辩证法。让我们搞清楚吧。由工人革

---

1 罗莎·卢森堡（Rosa Luxemburg, 1870—1919）：波兰马克思主义理论家及德国共产党的创始人之一。出生于俄属波兰的扎莫希奇，自幼跛脚，身体羸弱，却无碍于她成为活跃的革命家。

命运动所犯下的一切错误，就历史而言，都绝对比任何所谓的中央委员会的毫无过失更为珍贵也更具生命力！

天色全黑，我听到远方传来欧夜鹰的吱叽声。罗莎坐在秋千上，穿着黑色、高统、系带高跟（而非平底）薄皮鞋，可能是用山羊皮做的——有些德国同志觉得她对鞋子的品味很怪。她让秋千像长长的钟摆一样规律地振荡，振幅维持在来回二十厘米的最小距离，不会超过。

秋千一次又一次地唤起她死亡的情景。1918 年 12 月的最后几天，她和卡尔·李卜克内西[1]创立了德国共产党。两星期之后，他们在柏林遭到逮捕，带至伊甸园酒店（Hotel Eden）接受审问、拷打，然后捆塞进一辆车里，据说是要由骑兵卫队的军官押送到莫阿比特监狱（the prison of Moabit）。事实上，他们被带到柏林动物园，在那里惨遭屠杀。她的头被打得粉碎，尸体被丢进兰德维尔运河（Landwehr canal）。

我朝秋千瞥了一眼，看到她厚密如云的头发。

柏林动物园离植物园不远。在罗莎死前七个月，她在

1 卡尔·李卜克内西（Karl Liebknecht, 1871—1919）：德国社会主义革命家，德国共产党的创始人之一。

弗罗茨瓦夫[1]的一间监狱里写信给苏菲·李卜克内西[2]。

索妮契卡[3]，你的信带给我无比欢乐，我忍不住立刻提笔回复。现在你知道参观植物园能得到多大的愉悦和舒畅了吧！你应该常常去。拜你的生花妙笔之赐，我分享了你的喜悦。是的，我知道松树漂亮的葇荑花序，当松树开花时，它们闪烁着红宝石的颜色。红色的柔荑花序是雌花，可孕生出球果，球果越长越重，越长越重，将枝桠一路往地面拖。雌花旁边，是比较不醒目的淡黄色雄花，金黄色花粉的来源。不幸的是，从我这里的窗户只能望见远方树木的叶子，只能瞥到高墙彼端的一点树梢。我几乎看不见叶片的形状，只能凭颜色猜测它们分别属于哪个树种，但我确信，整体而言，我应该都没猜错。

秋千完全停住，横木座板与地面呈一定角度地悬挂着，仿佛它从未移动，也从没给人坐过。

明天，我要为攀爬在屋后一株梨树上的铁线莲画一幅素描。梨子成熟时是淡红色的，果肉带有些许杜松子的味

---

1 弗罗茨瓦夫（Wroclaw）：波兰西南部下西利西亚省的首府。

2 苏菲·李卜克内西（Sophie Liebknecht, 1884—1964）：德国社会主义者和女性主义者，卡尔·李卜克内西的第二任妻子，曾出版与罗莎·卢森堡的许多通信。

3 索妮契卡（Sonitschka）：俄语中对苏菲的爱称。

道，外皮尝起来像雨中的石板。

罗莎爱鸟——尤其是成群打街道屋顶飞越的都市椋鸟。她自己是只红雀，德文叫 Hänfling。一个同时意味着温柔与尖锐的名字。几小时之前，我到外面将一床微湿的凫绒被晾到晒衣绳上时，注意到那株铁线莲。它的花特别大，蓝色镶了黑边，还带着一抹紫色。我要用黑色墨水加唾液加盐画那幅画，这样可以带出红墨水的颜色。如果画得不错，我将把它夹在那本小册子里，我刚把它放回抽屉，压在波兰小说下方。

一道光束照亮花园彼端的小径，先是射在高高的豆茎顶端，然后慢慢下降到甜菜根上。光束消失。黑暗变得更黑。然后光束再度出现，更亮：那是一辆车的头灯。他们到了。

他们三人一走进屋里，屋子立刻变大了。屋顶展开它的双翼。一人独居时房子会收缩，没人居住时会缩得更小。棠卡把奥雷克抱在怀里，当她跨过门槛，从吱嘎作响的门廊玄关走进餐厅时，他们两人都笑了，就好像那两张脸有着一模一样的表情，谁也无法解释的表情。

米雷克和我开始从车上卸货。卸下来的东西包括硬纸箱、购物袋、折叠式婴儿车、摇摇床、行李箱、保温盒、一箱杏子，以及最重要的，结婚礼服，吊在塑料袋里的一只衣架上。车顶绑着一具装滑雪板的容器，形状介于棺材和小艇之间。有人把它丢在巴黎街头，米雷克将它修好了。

把它搬下来吧，米雷克说，虽然我还不打算拆封——这是我们搬到华沙的所有家当，没别的了。

他们打算在这个没有门阶的房子里度个长周末，然后取道卢布林开往华沙，按照计划展开他们的婚姻新生活。

棠卡抱着儿子在房里四处走动。似乎没有任何东西令她惊讶。她从容自在。她试着打开一扇窗户，没有成功。最后，她回到挂了猎人照片的房间，说道：这房子很大。

奥雷克想要棠卡放他下来。他在地板上，牵着棠卡的手，走了几步，心满意足地咯咯笑着，仿佛摇摇晃晃的每一步，都是一个到达之点。他们看到一只夜蝶。奥雷克绊了一下差点跌倒，还好棠卡紧紧抓住他。慢慢来，她轻声低语，慢慢地，一步，慢慢地，两步……

他在地板上坐着，她把那只蛾扑到手中，拿给他看，然后走到前门让它飞走。Cma（蛾）！她说，Cma！

自从婚礼过后，棠卡获得了另一种时间感。她可以从直到几天之前依然无法想见的遥远未来，以想象的方式回顾现在。她可以想象奥雷克成为父亲，而米雷克和她变成了祖父母。此刻她正从未来的某一点上回顾自己，并问着一个问题。我不确定她问的是谁。

你没有忘记对吧？你记得吗？这是米雷克和我结婚的第五天。我们一路从新塔尔格开车过来，来到这栋我从没见过的房子。米雷克说起过这房子，就好像它属于我出生之前的另一段人生；我们到的时候房子乌漆抹黑的，约翰准备了一些汤，米雷克正在房间整理我们的大床，这个房间的柳条篮里有颗鸵鸟蛋。这是近十天以来，我和米雷克第一次有机会独处。我明白有多少东西等在前方，我也很快乐，双倍地快乐，一个女人穿进我的结婚礼服，两个女人出来——我的头发是红褐色的大波浪，记得吗？我将深爱米雷克，我知道他多值得我这么做，那是当时我最确知的一件事；还有奥雷克很健康很强壮，我很骄傲，有天早上我帮他穿衣服时，他突然打了我一拳，害我整个眼圈都黑了，可见十个月大的他有多强壮，我很骄傲；当我在这房子里四处走动时，这是我第一次看到这房子，我对自己说，我不在乎，我不在乎要花多长时间和多少力气来整修这栋房子，就算我们得从这个房间搬到另一个房间，得一个房间一个房间地整修，直到整栋整修好为止，也没关系

——有哪栋房子完全整修好过吗？我知道，我想立刻住进这里，永远住在这里。记得吗？我说不上来是什么原因让我今晚这么有信心，也许是因为你告诉我一切都会没问题，也许就是这句话让我有信心的。

我最好帮他换个尿布，她大声说着，然后抱起奥雷克。

我来整理桌子，我说。

那张桌子很长，是开会用的桌子，不是吃饭用的桌子。上面有三分之二的地方，堆满了离开时偶然留下的、或到来时匆忙堆放的东西：衣服、手工具、一卷绳子、盆子、纸袋、帽子。最靠近厨房那头比较空，上面布满灰尘。我把桌子擦干净，摆上米雷克买来的大蒜面包、生鲱鱼和腌蘑菇。我从厨房里拿来长柄汤勺、汤锅还有鸡蛋。我用汤勺将汤舀进碗里，并在每碗汤里放进切成两半的鸡蛋。

波兰人将肯的这道汤称作 szczawiowa。这是世界上最为简单基本的汤，也许正因如此，它除了能提供营养之外，也能激发梦想。就好比，当你感到寒冷的时候它能给你温暖，但同时又能让你清凉提神。酸模的酸让蔬菜尝起来清爽刺激。鸡蛋——比你通常在酸模汤里看到的来得大——则给人圆润坚实的口感。而在最后一分钟加入的酸奶油，则散发着这两种滋味。雅各布·波墨这位 17 世纪住在弗罗茨瓦夫西边不远处贩卖羊毛手套的鞋匠指出，这个世界将历经七个阶段而不断得到实现。第一阶段是“酸”（Sourness），第二是“甜”（Sweetness），第三是“苦”（Bitterness），第四是“暖”（Warmth），“暖”之后，根据他的说法，接下来是“爱”（Love）、“声”（Sound）和“言”（Language）。我会把酸模汤（zupa szczawiowa）放在“暖”与“爱”之间的某个位置。当你一小口一小口地喝它时，你会感觉咽下了一块地方。蛋的味道是那儿的土，酸模是那儿的草，奶油是那儿的云。

我们静静地吃着。棠卡把汤匙里的汤吹凉，想让奥雷克尝尝，看他喜不喜欢。他喜欢。每喝完一匙他就咯咯笑，棠卡就替他擦一次嘴。然后米雷克说：你知道有好一阵子我的梦想是什么吗？这个梦想始于我在巴黎时，通常是当我从某个建筑工地开车到另一处工地，塞在车阵里的时候。有时，我会在给天花板漆油漆时想到它。我的梦想是开一家小餐馆。不大，就十二张桌子，在扎莫希奇的街面上，提供传统食物和我引进的新料理，用这花园里种植的蔬菜水果还有花园扩大后自己养的鸡和兔子来做。我在大塞车的时候把菜单都想好了！太疯狂了！

棠卡放下汤匙，带着她全部的鹅一般的权威转向他。如果你现在不努力实现这个梦想——她一字一句慢慢说着，墨绿色的双眼闪烁着鼓舞的光芒——你永远都不能实现它了！

米雷克没有应答。我们喝完了汤，就开始聊其他事情。话语间歇的空当，我可以听到隔壁房间传来的钟声。

奥雷克想要离开婴儿椅，棠卡抱起他，喂他吃杏子。米雷克推开椅子起身，走进放了秋千的房间，让门开着。他将奥雷克的椅子绑在秋千的绳索上，悬在山毛榉坐椅的上方。他试推了一下，把结打得更紧一些，然后走回厨房抱起孩子。

他把奥雷克放进婴儿坐椅，奥雷克把两条系绳紧紧抓在他的小拳头里，米雷克用他的大手轻轻推秋千。他飞起来了。他越飞越高越飞越高，越来越高兴越来越高兴。

棠卡离开餐桌站在那儿看着，看着她的儿子荡去荡回，她轻声对我说，再过两三个月她准备怀第二胎。

每次当椅子飞向他时，米雷克会立刻把椅子抓在手中，拉高一点，再次让它荡出去。这房子变了，变成米雷克平生从未经历过的样子。

我来到外面尿尿，一只欧夜鹰在唱歌。酷塔——酷塔——酷塔。只有夜鸟会一口气唱这么久，不休息。它听起来比之前近多了，也许就在桥边的某棵树上。我往桥边走去，因为我这辈子还没看过欧夜鹰，我只听过它们的歌声。第一次听到欧夜鹰，是和卡梅利娅在埃平森林。它会吃一整晚的昆虫，她告诉我，它的喙张得很开很开，像火车隧道！它的一只脚趾，她继续说，边缘有锯齿，没有人知道为什么。

每次和卡梅利娅在晚上或白天出去，我都会学到很多名字。这个毛毛的东西是什么？小白环蓝蝶（White Admiral）的幼虫。这种青苔是？丝木。这个结？双套结。这个呢？这个你很清楚的啊——你的肚脐！

总是有很多东西没有名字。在那个像翻过来的小船的房间里，我对自己说，那些上了亮漆墙面的木纹，是某种无名之物的图，我努力把它记在心里，相信有一天会用得到。无名的领域并非无形。我得在里面找到自己的路——就像在一团漆黑但有着坚硬家具和锐利物体的房间里一样。反正，我所知道和我所预感到的大多数东西，都是无名的，或说，它们的名字都像整本整本我还没读过的书那样长。

酷塔——酷塔——酷塔。

我静静地站在欧夜鹰栖息的树下，静到它再次引吭歌唱。而站在这棵树下的这个地方，我忆起了我的一些预感。

到处都有痛苦。而，比痛苦更为持久且尖利伤人的是，到处都有抱有期望的等待。

这只欧夜鹰陷入沉寂，而另一只在溪水下游处应和。

指望，是秘密趋近某件事物的方法，那个此刻不被指望的事物。

浚河和清河流着同一种声音。

自由并不慈爱。

没什么是完整的，没什么是完结的。

没人告诉我这些，但我知道它就在戈登大道上。

我头上的欧夜鹰飞离栖树，去与它的朋伴会合，在滤洒下的月光中，我瞥见它尾羽的白色条纹。

微笑邀人加入幸福，但它们没有透露是哪种幸福。

在人类的属性中，永不缺席的脆弱，最为珍贵。

我指着欧夜鹰飞去的方向。这个呢？我问。

那是仙女座，卡梅利娅回答道，我跟你讲过很多次了。

我慢慢踱回屋子。除非惊慌袭来，否则黑暗总能减缓匆忙。还有很多时间。窗里没有亮灯。

我踏上水泥平台，寻路穿过吱嘎作响的门廊入口。我没有开灯。

卧房的门半开半掩。从窗外洒进的微弱光线，像张灰网般拖着，覆罩在床铺上。他们三人都睡了。奥雷克紧靠着父亲的胸膛，小手搁在他嘴上，棠卡蜷贴着米雷克的背。一只蛾在黑暗中碰触我的手。Cma！只有人类的身体可以赤裸，也只有人类渴望且需要相拥入眠，一整晚的肌肤触碰。Cma。

不用一个星期，奥雷克将凭着他的坚决意志开始在这儿学走路，而棠卡将会要求米雷克为他们的房子建一梯门阶。

8 ½

你为什么从不读我写的书？

我喜欢可以带我进入另一种人生的书。出于这个原因我才读以前读过的那些书的。我读了很多。每一本都关于真实的人生，但与我翻开书签位置继续阅读时发生在我身上的人生无关。我一读书，就丧失了所有时间感。女人总是对别种人生充满好奇，男人因为太过有雄心壮志而无法理解这一点。别种人生，别种你以前活过的人生，或你曾经可以拥有的人生。我希望，你书里所谈的人生，是我只愿想象而不愿经历的人生，我可以自己想象我的人生，不需要任何文字。所以，我没读它们是比较好的。我可以从书柜的玻璃门上看见它们。对我而言，这就足够了。

这些日子我冒险写了些胡诌的东西。

只要把你发现的东西写下来就好。

我永远不知道我发现了什么。

是啊，你永远不会知道。你只要知道，不论你是在撒谎或是在试图说出事实，对于其中的差别，你再也犯不起任何一点错误……

致 谢

“我们只能给予已经给予的东西。我们所能给予的，都是已经属于别人的东西！”——博尔赫斯。对于这本书，我深深感谢以下诸位：Alexandra、Andres、Anne、Arturo、Beverly、Bill、Bogena、Colum、Dan、Gareth、Geoff、Gianni、Hans、Iona、Irene、Jean、Jitka、John、Katya、Leticia、Liane、Libby、Lilo、Lisa、Lucia、Maggi、Manuel、Maria、Marisa、Michael、Mike、Nella、Paul、Pierre-Oscar、Pilar、Piotr、Ramon、Robert、Sandra、Simon、Stephan、Tonio、Victoria、Witek、Wolfram、Yves。

以下书中所引用的博尔赫斯诗句，乃出自 *Selected Poems by Jorge Luis Borges*, edited by Alexander Coleman (Allen Lane, The Penguin Press, 1999)，感谢企鹅图书有限公司允许引用。

87 页："Debo justificar lo que me hiere..."， 引 自 *El cómplice* (p.448)。Copyright © Maria Kodama, 1999. Translation copyright © Hoyt Rogers, 1999.

89 页："This book is yours, Maria Kodama..."， 引自 *Inscription* (p. 461)。Copyright © Maria Kodama, 1999. Translation copyright © Willis Barnstone, 1999.

90–92 页："The memory of a morning..."，引自 *Inscription* (p. 461)。Copyright © Maria Kodama, 1999. Translation copyright © Alastair Reid., 1999. 译者同意引用。

92 页："Oh endless rose..."，引自 *The unending Rose* (p. 367)。Copyright © Maria Kodama, 1999. Translation copyright © Alastair Reid, 1999. 译者同意引用。

回　顾

地志学书写与记忆术

梁文道谈约翰·伯格之二

编　者：谈一谈您读完《我们在此相遇》的感受吧。

梁文道：首先，伯格是一个很好的作家。今天大家对他的认识是艺术评论家，其实他写小说的历史比他写艺术评论还早，文学创作的经历非常非常老。他从开始就是一个时事评论、政治评论、文学、艺术集于一身的人，所以他的文字当然是老于历练的。而且很重要的一点，你看他这本书，你会注意到一个特点，这本书你要看得很慢很慢。为什么很慢呢？因为它的密度太高了。我随便举一个例子，像这本书里“浚河与清河”那一章，里面随便一句话，你就觉得它是可以慢慢体会的，例如说 219 页：“1939 年，波兰骑兵队手持佩剑冲向入侵的德国闪击部队。”这句话太荒谬了，但是又太悲剧了。因为历史上波兰这个国家引以为傲的就是它的骑兵队，曾在中欧的草原上享有“飞翼骑兵”的美誉，勇敢而骄傲，可这些骑兵队现在抵抗德国的坦克闪击部队的方法，却仍然是手持佩剑冲过去，整个画面你会觉得那种悲壮感很浓烈。如果换作一个平庸的作家，他这一句话得用一段来写，不是因为他没办法用一句话来写，而是他不舍得只用一句话写。伯格这本书令人震撼的地方就是，他有太多句子都是到了另一个作家手中就要写一大段的。他掌握了太优美、太好的一个意象，但他却写得这么浓缩。所以这本书的密度非常非常高。再比如215 页 :“贵族气的莉兹向过去借取，而我，则借自革命性的未来。”他有很多这种非常诗意又非常哲学化的句子，你看完一句要想一想，所以这本书让人读得很慢，密度非常高。

编　者 : 似乎有一种拼贴的感觉，他把很多不同质的东西，譬如地点、人物拼合在一起，好像是互相为对方做传记。

梁文道 : 用现代文学研究的说法，这属于一种地志学书写。约翰 · 希利斯 · 米勒，耶鲁学派的文学评论家，他最近几年就老讲地志学。用这个地志学，他可以从斯蒂文斯的诗、福克纳的小说里面去看出他怎么样写一个地方，然后把这个空间意象当做解读一个文学作品最关键的东西。从理论上我们可以分析不同文学作品的地志学的元素。但是，也有些作家是干脆写一个东西出来，就是以地志学的方法来结构他的作品。譬如他的整个作品就是以描述一个一个地方为主，但是这个描述跟我们传统的游记叙述游山玩水不一样。不一样在哪里呢？他希望透过描写一个地方，提炼出一种特质，甚至是一种观念。就是把一个地方变成一个不是实在的地方，而是个抽象的地方，这个地方是为了表达一种观念而存在，他不再是描写一个地方的景色或者风土人情。他是要把这些上升到一个感觉、一种理念。 最有名的例子就是卡尔维诺的《看不见的城市》。那些虚构的城市就是为了要用来实现他的一连串的观念，他把观念写成一个一个具体的空间，一个一个不存在的城市。而伯格是要以一个一个真实的地方，去写出某种梦幻般的特质，用这个特质去掌握他的生命中的一个人，死的人、活的人，朋友或者情人，同时又写出他跟这个人的关系。所以这本书在这个意义上属于地志学书写。

但它同时又可以是很古典的一个记忆的呼唤。这个古典记忆就是一种中古以来的记忆术。一个人怎样才能记清楚东西呢？这种记忆术说，假装你脑子里面有一张地图或者是一幢大房子，里面有不同的房间，我把不同的东西放进不同的房间，我在这个房间里面想象还有柜子，柜子的第一个抽屉放有关我小学的记忆，第二个柜子专门放亚里士多德修辞学，等等。精巧的记忆术必须要为脑子里的每个空间建构出一个特质，适合安放同类型的东西。这个时候你要记忆的东西不再是冷冰冰的知识、资料或者档案，而是加上了一种朦胧的感性色彩。而这个地方也不再只是个客观的外在的空间，它在这个记忆的方法里面被赋予了一种特性。

《我们在此相遇》这本书，在这个意义上也是这种记忆的使用，就是赋予不同的空间以不同的特质，好存放享有那种特质的记忆。最鲜明就是第一章，讲里斯本。为什么要安排他在里斯本遇到他死去的母亲，而且他母亲还说，死人都很喜欢里斯本，似乎它是死者的城市？为什么呢？你就要看他怎么去写里斯本这个城市了。比如他写到这个城市铺的那种有名的瓷砖，他说："然而与此同时，这些出现在墙面、地板、窗子四围和阶梯下面的装饰，却又诉说着一个不同的、完全相反的故事。它们那易碎的白色釉面、那朝气蓬勃的色彩，还有黏覆四周的灰泥、不断重复的图案，在在都强调了这个事实：它们掩盖着某种东西，而不管藏在它们下方或背后的究竟是什么，都可以永远地隐藏下去，在它们的掩护之下，永远隐匿不见。”（14 页）铺满这样的瓷砖的这个城市，就是一个死者的城市，因为死者的秘密就是我们知道他们存在，但是我们看不见，他们被掩盖了起来。而且死者的数量之多，正如这个城市空间质感之紧密，好像是一个生物，身上满是皱褶，每个皱褶里面藏满了不同的虱子、跳蚤一样。你看他写这个建立在七座山丘上的城市，没有一条路是平的，你要高低起伏爬上爬下那么走。有轨电车穿梭在非常窄的街道。窄到什么程度？窄到你家里的窗户打开，伸手能够碰到电车窗户里的人。那么紧密，那么狭窄，弯来弯去起伏不定，你永远看不到下一个路口是什么。这是一个迷离的、适合躲藏一些东西收藏一些东西的城市。

关于他母亲，为什么要把他的母亲安排到这座城市，完全看得出来，这是个记忆术。他母亲生前没跟他去过里斯本，他母亲在生的时候也从来没去过里斯本。为什么今天会在里斯本碰到他母亲呢？就是因为他要把他母亲放在那里。为什么要放在那里？因为那是个适合写死人的地方，而且还是个适合写他母亲的地方。因为这里面核心的部分，一个最大的秘密，就在于他曾经在小时候见过他母亲以前的丈夫，而他母亲以为他不知道。这个部分很妙，牵扯到这本书的一个性质：这是一部小说吗？还是自传？因为我们都知道，如果它真的是自传的话，他不可能写出他母亲对他说的那些话，譬如当年我前夫如何如何，他跟你父亲比起来怎样怎样。这种话，真实的约翰·伯格是不可能从他已死的母亲嘴里听到的。如果把这本书当成传记来看的话，我们就会发现，这些话恰恰说明了这是个虚构的部分，这是一个儿子小时候曾经看过妈妈的情人，长大了就帮她创作一段情节出来，再交给虚构的母亲去跟自己说。

编　者：伯格的《约定》里面，专门有一篇文章写他的母亲。从那篇文章来看，他母亲跟他的关系，其实是比较疏离、冷淡的。而且他母亲，从他的描述来看，可能是有很激烈的东西隐藏在心里，但是表面上是一个很节省、很计算、很实际的人。不过伯格把她放到里斯本的时候，她就变成一个很有意思的亡魂了。

梁文道：对。他掌握到他母亲的一个特质：看起来很平常，但他总觉得他母亲有一些东西藏起来了，他母亲有他不知道的东西。那个东西是什么？他要把他母亲的这个特质写出来，所以写了这个虚构的故事。他写他母亲隐藏了一个秘密，其实这个秘密或许是他虚构的，但他虚构这个东西的目的在于诠释他心目中的母亲。他心目中的母亲是这么一个有东西藏起来的人。而在这本书中，很适合把母亲放进这么一个把一切东西都藏起来的里斯本。

编　者：第二篇讲日内瓦，他把博尔赫斯放在日内瓦，当然跟博尔赫斯的生平有关。

梁文道：其实还有一个原因。博尔赫斯是一个见多识广的人，不断地在他心里面构筑自己的迷宫。而伯格写日内瓦，他说："日内瓦人经常对他们的城市感到厌倦，满怀深情的厌倦——他们并不梦想挣脱她的束缚，离开她去寻找更好的居所，相反的，他们以纵横不绝的四处行旅来寻找刺激。他们是冒险犯难、坚韧不拔的旅行者。这座城市充满了旅行者的传奇，在晚餐桌上乐道传诵……"（76页）这里有个矛盾：第一他们因为厌倦而四处旅行；第二他们已经见多识广到一个厌倦的地步，从而不会离开这个城市去寻找更好的居所。这两个特质其实可以用来说明博尔赫斯：见多识广，但他的小说很冷；他有一种宽容，但这种宽容是来自一种冷峻的宽容。

编　者：甚至是一种疲乏的宽容。

梁文道：对。所以他提到博尔赫斯墓碑上面的一句诗：

“我应该为损害我的一切辩解。/ 我的幸或不幸无关紧要。/ 我是诗人。”（87 页）这是一种历经一切之后的冷，然后宽容。这是很适合日内瓦的一个写法。而伯格的女儿，我觉得也是很有趣。女儿本来是一个很青春、很活泼的生命，但是放在这么一个苍老的、对一切厌倦的美丽城市里面，放在这么一个世故的地方……

编　者：就像那只误撞进剧院的鸟？……第三篇写克拉科夫，以及肯，他年轻时候的导师。

梁文道：我觉得把肯放在克拉科夫，有一个很重要的道理。因为波兰是个历经耻辱的忧郁的国家，克拉科夫作为波兰这么重要的一个城市，作为保存最好的欧洲城市之一，它是一个很忧郁的城市，有种波兰人哀伤的幽默。所谓哀伤的幽默，乃是一种对事情的理解，也是肯教导他的东西。在伯格很年轻的时候，肯就教导他认识到这个世界的种种荒谬、荒唐与哀伤。比如：“表演必须有风格。必须在一个晚上连续征服观众超过两次。为了做到这点，那些层出不穷、接连不断的插科打诨，必须导向某个更神秘的东西，必须引出那个诡诈又不敬的命题：生命本身就是一场单人脱口秀。”（116 页）比较奇怪的倒是这个导师来自新西兰，而且他后来回去新西兰就再没来过欧洲，他说他喜欢新西兰到处是草地，那是一个跟克拉科夫截然相反的地方。

编　者：这里面有一些细节，比如："1943年4月中旬的某个早晨，肯告诉我一则伦敦电台的广播，那是前一天由波兰流亡总理西科尔斯基将军发表的，他呼吁波兰境内的波兰人，起来支持即将在华沙犹太区发动的起义。"（122页）我在猜，为什么把肯放在波兰的这个古城？这个细节有可能是真实的，就像针线头一样，把肯和克拉科夫缝了一下。但是真要一一对应，又太死板了。

梁文道：因为这是他对一个地点的诗意的诠释，他用写一个人的关系来映现出他对这个城市的一种感觉，对它的一种理解，一种诗意的诠释。

编　者：接下来的这篇"死者记忆的水果"，为什么会出现在这里，为什么说是死者记忆的水果？

梁文道：这是一个再也吃不到这些水果的人对某些水果的一个记忆。对水果的回忆就是在讨论回忆是什么，生命中美好事物的回忆是什么。放在这里是一个间奏。

编　者：在伊斯灵顿，他主要讲了两个人，一个是休伯特，另一个是他以前的女友，奥黛丽。休伯特有一个花园，种植了密度很大的植物。他妻子留下了无以数计的画，如何处理成为一个难题。而伊斯灵顿也恰好在搞一个城市改造计划，要把这里变成一个中产阶级的社区。这里面好像有一种呼应，关于如何整顿、打理历史与记忆。

梁文道：它涉及一个社区问题，比如近二三十年所谓的内城的绅士化，就是说很多城市开展变成中产小区，很漂亮，像南锣鼓巷那种地方也开始往这种风格发展。发展成这种风格的时候，很多你原来的东西就不能再存在，就要被改造、被丢弃。这时候过去一切的东西有什么意义呢？伯格教休伯特说，你要分类，比如说那些画，它们的意义就来自你为它们分类，你不为它们分类，它们就没什么意义了。你要赋予你的记忆，赋予一些你珍贵的东西以名字，你要记住它们，要不然的话它们就没有意义了。就像他跟奥黛丽的关系一样，他俩的关系结束得那么的莫名其妙，也牵扯到一个命名的问题，比如他在梦里面一直喊她，用好几个不同的名字来喊她。这些名字的意义到底何在？他需要用命名的方式来赋予他和奥黛丽所共享的那种无以名之的欲望以意义。

编　者：他为什么会把身体的器官跟地名联系在一起？

梁文道：这是一种探险，对对方身体的一种探险，把对方的身体看成一个地图。这是伯格作品中不断出现的一个东西，就是我前面说的地志学写作。包括对一个女人的记忆，是跟地名联系在一起的。那些地名是一个虚拟的地图，是一个重叠在身体上的地图。包括后面写亚克桥的时候，写这些原始山洞壁画，最后也说它们是地图，说这些原始人画的东西像地图。他一直有地志学书写的特性。

编　者：关于伊斯灵顿，伯格的前一本书《抵抗的群体》里面有篇文章，写到他有次回伊斯灵顿，敲开一家人的大门，告诉这家人他曾经和他的女友住在这里。这里可以看出，他把两件事给拼合了起来：他故地重游、回忆女友，这是一件事。休伯特和他妻子的故事是另一件。这里略微透出他拼合真实与虚构的方式。

梁文道：我也读到过他写他女儿在日内瓦，应该是真的。这是一个处理记忆的方式。它可以是虚构，可以是现实，这不重要。处理记忆的方式更重要：你怎么诠释你生命中的一些记忆？如何诠释你生命中经过的事情、遇到的人？

说到这儿我想起来，伯格很受本雅明影响。他写故事、写小说的时候，受到本雅明那篇《讲故事的人》很大的影响。这个影响，比如在写他父亲的时候就很明显。他父亲参加过一战，是挺沉默的一个人。为什么那么沉默呢？就是因为他是一个从战场回来的人。本雅明《讲故事的人》

里有一句很经典的话：你不要以为战场上回来的人就有很多故事可以讲；不，战场上回来的人都是沉默的。一战回来那些士兵满脸疲惫，什么话都不想讲。他父亲就是这样的人。所以他回忆他父亲的时候，他是要还给他父亲一个失落的青春。如何把青春还给他父亲？就是通过清河上的那道桥。"清河无法带回无数死者当中的任何一人，但父亲可以越过吊桥走到对岸，站在那里一两分钟，好像他还是 1913 年那个二十五岁的年轻人，还无法想象即将来临的四年战壕战的任何一小时。""当他放下吊桥时，他可以借我的无邪来唤回他的天真，除了周六下午的这些时刻，那份天真已经永远消失了。"（232 页）

他写他父亲跟写他母亲很不一样，他母亲会跟他说故事，他父亲是不跟他说故事的。他父亲没有被他当成死者，像母亲那样子，把他的亡灵召回来。其实他跟他父亲还比较亲密，他不把他父亲召回来是因为他父亲的故事他都知道了，这个故事，其实他父亲没跟他开口说过，但他们两人能够分享。如何分享？就是星期六的下午，他们会一起玩这个桥。在那一刻，他看到他的父亲年轻的样子，因为他父亲借用了他的天真。他把他的天真借给他的父亲，他父亲在这个桥上跟他分享那种快乐。

这个时候我觉得很好玩，就是清河与浚河，两条河流。一个是小时候他家附近的河，一个是波兰的一条大河。为什么要把这两河放在一起？因为在他脑子的地图里面，这两条河流是同一回事。他要把所有跟河这个意象有关的人，或者在英国，或者在波兰，把这些人都联系起来。这还是一种关于沟通的可能性的问题。譬如河总是要渡过的，总是能够沟通的，但是河流又是阻隔两岸的。它到底是一个切割大地、阻碍交流的东西，还是一个沟通和连接的东西呢？暧昧而混沌。在这本书最后面部分，他写道："指望，是秘密趋近某件事物的方法，那个此刻不被指望的事物。浚河和清河流着同一种声音。自由并不慈爱。没什么是完整的，没什么是完结的。没人告诉我这些，但我知道它就在戈登大道上。我头上的欧夜鹰飞离栖树，去与它的朋伴会合，在滤撒下的月光中，我瞥见它尾羽的白色条纹。微笑邀人加入幸福，但它们没有透露是哪种幸福。在人类的属性中，永不缺席的脆弱，最为珍贵。"（284 页）这几个句子看起来好像没什么关系，但是其实这个很好玩，为什么呢？说"浚河和清河流着同一种声音"，讲的其实是沟通与隔绝，到达与离开。你怎么接近？这是一个有关希望的问题。他讲希望与指望，是要接近，秘密地接近某个东西，牵扯到你怎么去要你想要的东西，实现你想实现的东西，接近你想接近的东西。而这个东西，就像河流一样，就像猫头鹰一样。猫头鹰是西方文化很重要的一个隐喻，来自黑格尔《法哲学原理》的序言所讲的，雅典娜肩头上的猫头鹰总是在黄昏才展开双翅飞离大地，就是说智慧总是来得太迟了，哲学总是来得太迟了。这是一个很大的吊诡，智慧的出现总是吊诡的。希望的实现、沟通的实现，也是这么吊诡的。

编　者：这本书一开始就被死亡的气息笼罩，基本上都是以写死人为主的。到这里米雷克和棠卡生下一个孩子，似乎产生了一种希望。就是在这种希望的氛围中，伯格写到了罗莎·卢森堡，并长篇引用了她的著作："看！俄国革命者的自我让他们失去理智，再次像个全能的历史领袖那样发话，坐在他至高无上的宝座上，在中央委员会中。他们把事情弄颠倒，他们不了解，对当今的任何革命领袖而言，唯一正当的主体性是工人阶级的自我，他们想要拥有自行犯错的权利，他们想要自己学习历史辩证法。让我们搞清楚吧。由工人革命运动所犯下的一切错误，就历史而言，都绝对比任何所谓的中央委员会的毫无过失更为珍贵也更具生命力！"（274–275 页）伯格是否在这里找到了左翼曾经的梦想幻灭的根源?

梁文道: 工人没有真正当家作主，权力被独裁者掌握和控制，这是他们对当时苏联跟所有实存社会主义的一个共同认识。

编　者: 在伯格心目中革命还没有完成。

梁文道: 当然。没有完成。